名作なんか、こわくない

柚木麻子

PHP
文芸文庫

○本表紙デザイン＋ロゴ＝川上成夫

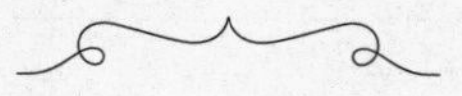

Contents

French

フランス文学篇

Japanese
日本文学篇

English
イギリス文学篇

American
アメリカ文学篇

名作なんか、こわくない

Book Design
albireo

Illustlation
Momoko Nakamura

French

フランス文学篇

信じることをあきらめないエネルギー
『女の一生』

ギ・ド・モーパッサン
【1850−93】
新潮文庫

『危険な関係』のセシル、『ボヴァリー夫人』のエンマ、そして今回取り上げる『女の一生』のジャンヌ。みんなみんな、私にとってはかつてのクラスメイトのような存在。いつも胸のどこかに引っかかっていて、ふとした瞬間、あの子達の失敗や決断を思い出しては我が身を振り返ったり、励まされたりする。

私が十八、十九世紀のフランス文学作品を好んで読むのは、ヒロインの多くが修道院育ちだからかもしれない。当時の富裕層にとって、娘を嫁入りまで修道院に預けておくことは一種のステイタスだった。つまり今でいうところのお嬢様女子校の役割。ちなみに我が母校はおしとやかどころか、土のにおいがする元気いっぱいな校風なのだが、中学・高校を女ばかりの環境で育ったせいか、俄然（がぜん）親しみを感じてしまう。

もともと相手が女子校出身というだけで、すぐにでも仲良くなれそうな気がする。彼女達に共通するのは、こちらが同性だというだけで心を開いてくれるおおらかさ、異性に対しては警戒心が強いようでいてちょっぴりうかつ、転んでもただでは起きないミョーなたくましさだ。

モーパッサンの傑作『女の一生』は悲惨な話だと言われている。修道院を出たてのジャンヌは裕福な両親に愛され、前途洋々な美少女だ。そんな彼女の希望が次から次へと潰(つい)え、これといって落ち度はないのに、切ない晩年を過ごすに至るまでが、突き放した筆致で描かれている。恋愛も結婚も出産も子育ても、ホントの意味で女性を救うことはできない。むしろ裏切られてばっかりだよ、年をとるほど孤独になってくるよ。残酷すぎる真実を年上の友達に宣告されたみたいに、胃がどーんと重くなる。

そのとき、彼女は、自分にはもう何もすることはないのだ、もはや永久に何もすることはないのだと気がついた。

(『女の一生』新庄嘉章訳、新潮文庫より、以下同)

しかし、読んでいて不思議と暗い気持ちにならないのは、ジャンヌという女性の根っからの素直さ、何度絶望しても信じることをあきらめないエネルギーのおかげ。か弱いプリンセスの転落物語と見せかけて、天然ボケとも言える図太さを随所に感じさせるせいか、ぐいぐいと読み進めることができるのだ。

サイテー夫のジュリヤンとの夫婦生活は苦痛に満ちているものの、蝶よ花よと育てられたジャンヌは問題にまっこうから立ち向かおうとはしないし、まして、自立して道を切り開こうなんて考えもしない。時代も環境も違うとはいえ、受け身な生き様にイライラする人もいるかもしれない。

でも、じっと堪え忍ぶだけかと思うとそうでもない。悲惨な生活の中にも、小さな楽しみを見つけて、けろっと笑っているのがジャンヌだ。生粋のお嬢様ならではのお気楽さが憎めない。浮気症の夫に見切りをつけたジャンヌは、行き場をなくした愛情を小さな息子に一気に注ぐ。夫を陰で莫迦にして笑い転げる際の台詞が、やけに勝ち誇っていて痛快なのだ。

「変だわ、わたしもうなんともないの。いまは、まるで他人を見ているようよ。

あの人の妻だなんて思えないわ。だって、おかしくなるんですもの。あの人の……あの人の……あの人の不作法がね」

田辺聖子さんは「気を取り直す」ことは大切な才能だとおっしゃっているが、まったくその通り。この描写だけで、何人もの友達を思い出してしまう。シビアな問題を抱えていても、お洒落や美味しいもので一瞬でも気持ちを上向きにし、仲間とのおしゃべりで発散して、みんな妙に自信満々で楽しそうだ。能天気に見えて、自分の感情を決して他人に預けない強さがそこにある。

ドラマ「セックス・アンド・ザ・シティ」のヒロイン、キャリー・ブラッドショーが初めての著作を出版する際、序文に「永遠の楽観主義者 愛を信じ続けるシャーロットに捧ぐ」と書いたことをふっと思い出す。個性豊かな仲間の中で、もっとも保守的なお嬢様シャーロットは、いつも王子様を待っているような女性で、ジャンヌにもよく似ている。一見受け身のシャーロットのしぶとさを見抜いているキャリーも、そして、自分とは正反対のシニカルな女達とつるんでいるシャーロットのヌケっぷりも私は大好きだ。

そう、『女の一生』が決して暗いだけの物語にならないのは、女同士の友情のおかげだ。物語の終盤でジャンヌを助けに来るかつての忠実な相棒、女中のロザリ。彼女のカムバックには心底ほっとさせられる。悲しみでどんよりしているジャンヌの世話を焼き、びしびしと叱咤（しった）するロザリは優しいママのようでもあり、ベストフレンドでもある。ラスト、性懲（しょうこ）りもなく今度は孫娘に夢を託そうとするジャンヌに放たれた彼女の言葉は、ぶっきらぼうだがあったかい。

「世の中って、ねえ、人が思うほどいいものでも悪いものでもありませんね」

この先も、人生にはまだまだ失望と裏切りが待っている。それでも、私達はなにかを夢見ずにはいられない。ジャンヌが最後に見せた希望のきらめきを、私もまた、どうしても信じずにはいられないのだ。

何不自由ない主婦が破滅へまっさかさま

『ボヴァリー夫人』

ギュスターヴ・フローベール
【1821–80】
岩波文庫

あー、ファム・ファタル*になって遊んで暮らしたいなぁ。
映画や小説の中にたびたび登場する彼女達は、自由奔放でありながらなんだか憎めないという、お得なポジションを与えられている。いろんなタイプの男性とデートし放題、言いたい放題やりたい放題で、ときめきとワクワクを日々感じている贅沢三昧の女性。そんな夢のような状況を誰もが一度くらいは夢見るはずだ。
フローベール作『ボヴァリー夫人』のエンマはまさにそんな女だ。絶世の美女ではないけれど、スレンダーで可愛いタイプ。修道院を出てすぐ医師のシャルル・ボヴァリーに見初められ結婚。よく働く優しい夫に大切にされ、可愛い娘に恵まれ、安定した奥様ライフはちゃんと確保しつつも、若い書記官のレオンや、リッチなプ

＊男性の運命を変える女性

レイボーイのロドルフと胸躍る秘密の恋を楽しむ。

と、それだけ聞けばこのヒロイン、どれだけ恵まれているんだろう、と指をくわえたくなるのだが、何不自由ないはずの主婦が、満たされない心を抱えたまま破滅までまっさかさまに落ちていく過程を描ききったのがこの作品なのだ。

一体なにが不満なの、エンマ？　こちらの疑問は、読み始めてすぐに解消される。このシャルルという夫、とんでもなく退屈なのだ。

ところがこの人はなんにも教えてくれない、なんにも知らない。なんの望みも持ってはいない。彼はエンマをしあわせだと信じている。しかし、エンマは彼が腰をすえて落着いているのが、涼しい顔でのそのそしているのが恨めしかった。いや自分が彼に幸福を与えていることさえが恨めしかった。

（『ボヴァリー夫人』伊吹武彦訳、岩波文庫より、以下同）

無趣味でセンスもなく、自分と同じように妻も幸福であると一ミリたりとも疑わないボサっとしたシャルルに、イライラさせられるエンマの気持ちはよくわかる。長い修道院生活のせいで、ただでさえ彼女のロマンスへの期待値は並外れて高いのだ。ずっと夢見てきた王子様はこんな相手じゃない、このままコイツの隣でただ年を取っていくの、私？　涙目で地団駄を踏みたい衝動が伝わってくるようだ。根は生真面目な性格ゆえ、最初は必死で浮気をこらえていたエンマだが、女性の扱いに慣れたロドルフに抱きすくめられた瞬間から、ついに心のたがが外れてしまう。

修道院時代から夢見ていたのは、このドキドキよ！

エンマは、「私には恋人がある！　恋人がある」と繰り返した。それを思い、それにまた、二度目の春が突如として自分に訪れたことを思ってしみじみ嬉しかった。今まであきらめていたあの恋の喜び、あの熱っぽい幸福をいよいよわがものにしようとするのだ。自分はある霊妙不可思議な世界に入ろうとしている。そこではすべてが情熱であり、恍惚であり、狂乱なのだ。

恋愛初期の多幸感にこちらまで胸が高鳴る。また、ロドルフの女扱いのうまいことうまいこと。悪いやつとわかっていても、そりゃあシャルルといるより百倍は楽しいだろうと思わせられる。彼との交際をきっかけに、エンマの享楽的な本性は一気に噴き出し、お洒落やデートにお金を惜しまなくなる。夫がますます嫌いになると同時に、現実とのギャップに激しく苦しむようになるのだ。とうとう思い詰めて、このつまんない生活から私を救ってよ！　とロドルフに詰め寄るが、経験豊富な彼はそこまでのリスクを冒すほどにはこちらを想ってはくれない。肩すかしにつぐ肩すかし。涙目で焦れる彼女に寄り添いたい気持ちになってくる。

そんなわけで、エンマは始終イライラピリピリしている。彼女のシャルルに向ける辛辣な視線、とんでもなく必死で余裕のない内面描写には、思わずくすっと笑いたくなる。意中の相手にエゴむき出しの要求をし、叶わないとわかった時はヒステリーを起こすなりふり構わなさが、次第に痛快になってくるのだ。

いわゆる恋愛体質と言われる女性の多くが、決しておっとりものんびりもしていないことを思い出し、そうそう、と膝を打ちたくなる。欲張りで妥協を知らない彼女達は、普通の女の何倍も努力し、いつもなにかと戦っているのだ。

平穏な生活は心からの充実を与えてはくれないし、脳がしびれるようなロマンスは安らぎをくれない。そして、自分に正直に生きたからといって幸せになれる保証もないのだ。だからこそ、つまらない現実と徹底的に戦って花火のように散ったエンマは、勇敢なファイターに思える。女友達に愚痴をこぼして恋人の前ではものわかりよく振舞うのは賢いやり方かもしれないけれど、つまらない。たまには真っ向から理不尽な要求を突きつけて、パートナーをドン引きさせよう。ファム・ファタルはいつだって、自己中で一生懸命なのだから。

男と対等に付き合えるかっこよさ

『谷間の百合』

オノレ・ド・バルザック

【1799−1850】

新潮文庫

女子校育ちのせいだけではないと思うけれど、三十路の今も異性というものがよくわからない。私の作品に男性の影が薄いのは、恥ずかしながら未だにちゃんと理解できていない部分があるし、どう描いていいのかわからないことも多いからだ。ささいなことに苛ついてしまい、せっかくできた異性の友達とも、なかなか関係が持続しない。

その点、女同士はなんでも言い合えるし、心の底から共感できる。本当に楽～、と一年中つるみがち。欠点や甘えも同性だと許せてしまう。でも、バルザックの『谷間の百合』を読むと、男も女も関係ない、友情を少しでも感じる相手なら、性別を超えてちゃんと人間関係を築こう、とファイトが湧いてくるのだ。

物語には、政治の世界を志(こころざ)す青年フェリックスを巡(めぐ)って、三人の女性が登場する。「谷間」と呼ばれる農地で暮らす貞淑(ていしゅく)な人妻モルソフ夫人、パリ社交界に君臨する華やかなプレイガール、ダドレー夫人、そして聞き手となっている「謎(なぞ)の女」ナタリー。彼女の性格およびフェリックスとの関係が、物語の結びで初めてわかる構成になっているのが、非常にスリリングなところだ。孤独な少年時代を過ごしたフェリックスは、見るからに優しげで豊満な体つきをした美女モルソフ夫人に一目(ひとめ)惚(ほ)れする。

しかし、家族を献身的に支える彼女は彼に惹(ひ)かれつつも、気持ちに応(こた)えることができない。かくして、長い長いプラトニックラブの歴史が始まる。モルソフ夫人を想いながら、フェリックスが谷間で花を摘(つ)む描写はため息が出るほど素敵だ。様々な草花を組み合わせ「語りやまぬ花束」を作り、彼女への恋心を昇華させようとする。

「アルフィー」(二〇〇四年)という映画にもよく似たシーンが現れるのだけれど、あれはスーザン・サランドン演じる年上の女性に、ジュード・ロウ扮(ふん)するプレイボーイが、彼女をイメージした素敵なフラワーアレンジメントを注文しhandpick＝自分で摘んだ、と嘯(うそぶ)いたっけ。ああ、なんてロマンチック！

しかし、心の繋がりだけでは決して恋は満たされない。フェリックスは自分の欲求にストレートに生きる奔放なダドレー夫人（非常に魅力的！）に溺れ、二人の間で激しく揺れ動く。どちらも選べずまごまごしているうちに、モルソフ夫人は死の床につく。物静かでエレガントだった彼女が、息を引き取る寸前、ダドレー夫人への嫉妬を爆発させる様にはっとさせされる。

「…私、生きたいの。自分でも馬に乗りたいの。パリも、社交界の楽しみも、悦楽も、私、何もかも、この身で知りたいの」

（『谷間の百合』石井晴一訳、新潮文庫より、以下同）

その夢は叶えられることはなく、胸のうちを綴った手紙を残して彼女はこの世を去る。そして、とうとうフェリックスは「聞き手」に語りかけるのだが……。

ええーっ‼ 最初に読んだ時、私は腰を抜かしそうになったものだった。なんと聞き手のナタリーは、家族でも幼なじみでもなんでもない、どうやら友達以上恋人未満の関係らしいのだ。それなのにこんな重い話を延々と聞かせられるなんて……。フェリックスは懇願する。「君なら、モルソフ夫人にもダドレー夫人にもなれる。さあ、僕を救ってくれ」と。まったくもって身勝手な主張だが、これが男の本音なのだろう。聖女で悪女、母親で恋人。いけしゃあしゃあと相反するキャラクターを一人の女性に求める様は、実際に何度もこの目で見ている。

さあ、ここからが『谷間の百合』が今も古びない傑作たりうるゆえんだ。「私を理想化するのはやめて」とナタリーは小気味いいほどきっぱり告げるのだ。「モルソフ夫人みたいに完璧な聖女の話をされたら大抵の女はドン引くし、ダドレー夫人みたいなかっこいい美女と比べられたらみんな自信なくすって。とにかく！　もう元カノの話をするのは禁止。あなたのことは本当に大好きだったけど付き合えないよ」と、まるで読者の気持ちを代弁するかのようにびしばしと告げるのだ。しかし、厳しく突き放したかと思ったら、最後には思いがけないほど温かい言葉が用意されている。

…私があなたに申しあげたようなことを、つつみかくさず率直に言ってくれる女はごくまれですし、恨みがましいところも見せずお別れを告げながら、自分からすすんで友情をさしだす気のいい女も、伯爵さま、ほんとうに数少のうございますのよ。

これまでどこか一方通行だったフェリックスを、ドシンと受け止めるだけの女性がついに現れた。それだけで、彼の長く孤独な旅は終わりを迎えた、と私は信じている。恋愛関係でなくたっていい。理想の女にならなくてもいい。めんどくささも狡さも知った上で、それでもあなたを受け入れるよ、だってあなたはいいところもあるんだもの、とにっこり笑ってうなずくだけの度量と強さ。モルソフ夫人にもダドレー夫人にもなれそうにない私だけれど、まずはナタリーのように男性と人として向き合うことを、遅ればせながらスタートしたい。難しいことはなにもない。もし、良いと思える相手に出会ったら、ダメな部分を含めて女友達にするように信頼し、ありったけの友情を注げばいいのだ。

アイドルが育ての親を裏切る時

『女房学校』

モリエール
【1622－73】
岩波文庫

美少女アイドルを応援する同世代の女性が、最近増えてきたような気がする。アイドルグループ戦国時代のおかげで、それぞれの好みにあった女の子を見つけやすくなったせいもあるだろう。

ぴかぴかした肌や髪には嫉妬（しっと）を覚えるというよりも素直に眼福（がんぷく）だし、華やかな女子グループの中で自分なりのやり方で個性をアピールしたり、友情を結んでいく彼女達は自分を重ねやすく、見ていて元気付けられることも多い。

しかしながら、スポットライトを浴びて輝く優等生より、スキャンダルや不和によりグループを脱退したり事務所を離れたはみ出し者の美少女に、私はどうしても心を奪われてしまうのだ。

我が国では、「ファンを裏切る」行為への制裁は本当に容赦がない。「恋愛してはいけない」「笑顔でいなければならない」「太ってはいけない」……。自分で選んだ道とはいえ、まだ思春期やそこらの女の子がそこまで他の誰かの期待に応えられるだろうか。大人になればわかるけれど、どうしても周囲の期待に沿えなかった規格外の部分こそが個性であり、才能だったりすることが多いのに。

とびきりの美少女が貴重な青春時代を費やして笑って踊ってくれるだけでも有り難いのに、それ以上のことを貪欲に求める心理というのはなんだかエゴがむき出しな気がして、首を傾げてしまう。

そんな私にとって、喜劇作家モリエールの『女房学校』は痛快であると同時に、保守的なアイドルファンにちょっぴり寛容にもなれる一冊だ。簡単に言ってしまうと、アイドルが育ての親の男性プロデューサーを手ひどく裏切る物語、つまり「光源氏」失敗バージョンである。

富裕な中年男性アルノルフは、貧しい美少女アニェスを見初め、貞淑な妻に育て上げるために、修道院でしつけた後はほぼ自宅に軟禁し、外界からの情報を一切シャットダウンして極めて無知な女性に育てる。彼にとって一番の恐怖は、女性に論破されたり、凌駕されることなのだ。

現代のヒロインがた、学問のある奥様たち、やれ愛情だ、やれ恋愛だと騒ぎたてる御婦人連、あんたがたが詩だの、小説だの、文学だの、恋文だの、学問などを束にしてかかって来たところで、このしっかりした操正しい無知な女に敵いっこないのですぞ。

（『女房学校』辰野隆・鈴木力衛訳、岩波文庫より、以下同）

服従するだけがお前たち女のつとめだ、鬚のある男子こそ全能なのだ。（中略）もし間違って女の道を踏み外したら、炭のように真黒になってしまう。誰の目にもおぞましく映り、いつかは悪魔の伴連れにされ、永劫地獄で釜茹という目にも遭うだろう。

ここまで読めばやっていることは犯罪なのだが、アルノルフは極めて平凡な人間だ。寂しがり屋で自信がないゆえ、ヒステリックで虚勢をはりがち、女性に惹かれつつも本当は怖くて仕方がない。
そんな彼をアニェスはこっぴどく裏切る。偶然、家の前を通りかかった青年オラースと一目で恋に落ち、アルノルフの妨害をはねのけ、結ばれようとするのだ。徹底して純粋培養されたがゆえ、アニェスはどこまでもまっすぐだ。必死でなだめたりすかしたりするアルノルフを気に留めようともしない。今まで育てた恩を仇で返すのか、裏切り者め、と息巻くアルノルフへのアニェスの反論は、夢と期待を押しつけられた女の子達の切実な心の叫びだろう。

> ほんとに、ずいぶん立派な育てかたをしてくださいましたのね、万事につけて結構な教育を授けていただきましたわ！　あたしがいい気になっているとお思いになりますの？　あたしが頭のなかで自分の愚かしさに気がついていないとお考えですの？　自分でも恥しいと思っていますわ。（中略）もう馬鹿娘で通したくないんですの。

昨年末（二〇一一年）に友達に誘われて見に行った、さるアイドルの引退ライブを思い出した。絶頂期のキュートで底抜けに明るいヒットソングを聴きたくてわくわくしていた一見さんの私を裏切るかのように、彼女は自ら作詞した楽曲をセクシーに力強く歌い上げていた。

正直やや期待外れだったのだが、ステージ周辺の昔からの熱心な男性ファン達がノリノリでペンライトを振りまくっているのを見て、はっとした。そう、本物のファンは、女の子の自我やプライドをちゃんと認めてくれる。予想外の行動に驚いても、決して見切ったりしない。

彼女の涙ながらのMCに声を嗄らせて声援を送っていた彼らを思うと、外の世界に飛び出したアニェス、無残に捨てられたアルノルフ、この二人のその後の人生に思いを馳せずにはいられなくなるのだ。

『危険な関係』

意地悪な女性に感じる人間味

コデルロス・ド・ラクロ
【1741−1803】
岩波文庫

「へえ、柚木さんて女子校出身なんですか。どうりで。デビュー作の『終点のあの子』を読んで思ったんですけど、女子校って陰湿でドロドロしていて本当に怖いですね。柚木さんは女の集団の中で器用に立ち回れそうですけど、私は無理だなあ……」

初対面にもかかわらず、そんな風に言われることが増えてそのたびに落ち込んでいる。「女同士はドロドロしていて怖い」そんな価値観と戦うつもりで作品を書き続けているのだけれど。

やればやるほどその反対のイメージを広めていそうで、自分の未熟さや能力のなさに悩むことしばしばだ。

そもそも「女のドロドロ」に乱暴にカテゴライズされて、じっくり検証されない事象は多い。ラクロの『危険な関係』は、悪女ものとして有名だが、単なるヒールと決めつけがたいメルトイユ侯爵夫人の魅力に溢れた、大好きな一冊だ。

舞台は革命前夜のパリ社交界。修道院を出たばかりの良家の子女セシルは期待に胸を膨らませ、まだ見ぬ王子様の登場を無邪気に夢みている。しかし、社交界の権威、メルトイユ侯爵夫人はセシルの縁談相手であるジェルクール伯爵に棄てられた恨みから、プレイボーイのヴァルモン子爵を色仕掛けでそそのかし、セシルを堕落させようとたくらむ。さらに、セシルを想うダンスニー騎士の一途さや、ヴァルモン子爵を愛してしまうツールヴェル法院長夫人の苦悩もからみ、事態は二転三転、善悪が入り乱れ、物語は混迷を極めていく。

この小説の面白さはなんといっても、登場人物の交わす手紙だけで構成されているところだ。時系列に沿ってやりとりは進み、話し相手がめまぐるしく変わる様はなんだかTwitterみたい。

登場人物の本音と建て前をのぞき見できるいけない快感も、今っぽい。それにしても、表向きは模範的レディとして通るメルトイユ侯爵夫人のタヌキっぷりには目を見張る。セシルの理解あるアネキ分として振舞う一方で、彼女を陥れるチャン

スを虎視眈々と窺うのだから。セシルに向かって、

ほんとに十五にもなって、あなたみたいに子供でいられるものでしょうか。(中略) でも私はあなたのお友だちになってあげようと思っていたのですよ。お母上があんなではその必要があるかもしれません。それにお母上の押しつける夫ときたら!

(『危険な関係』伊吹武彦訳、岩波文庫より、以下同)

と理解たっぷりに書き綴ったかと思えば、ヴァルモン子爵に向かってはこんな具合。

力を合わせて、この娘(著者注：セシルのこと)を母親とジェルクールが手をやくような女に仕上げましょう。少々薬がききすぎてもかまいません。娘がそれを恐れないことは知れきっています。そしてあの子に対するわれわれの目的が果たせたら、あの子はあとは勝手にどうにでもなるでしょう。

あの子がどうなろうとわれ関せずです。

あれあれ？ なんかちょっとメルトイユ侯爵夫人って女豹みたいでクール？ ここまで腐った本性をさらしても、ヴァルモン子爵にしつこく口説かれる様も羨ましい。なんのかのと言いつつ、万事においてスマートで余裕があり、どんなピンチも顔色ひとつ変えず切り抜けるのはかっこいい……。なーんて、ポワポワしてるあなたは甘い！ 彼女は決して安住の地にはいない。パワーゲームの中でしか生きられない人間は結局、誰も信じられないのだ。

メルトイユ侯爵夫人が孤独な少女時代を告白する場面では、はっとさせられる。

…かつて修道院の塾にはいったこともなく、いい友だちもなく、きびしい母親の監視のもとにあった私は、漠とした、とりとめない考えを持っているだけでした。

ひょっとすると、セシルへの意地悪は修道院で仲間に恵まれていた彼女への憧れもあったのかもしれないと思える。いくら処世術や人心掌握術を身につけたところで、他人を陥れることでしかアイデンティティを確認できない限り、心に平穏は訪れないし、一度しくじったら最後、破滅まではあっけない。修道院出の世間知らずさゆえ騙(だま)されたセシルが、修道院によって救われる結末は、皮肉なようでいて重要なヒントを物語っている。社交界で失墜(しっつい)した女性を受け入れてくれる場所は、当時のフランスでは修道院以外にありえなかったのだ。

　そう、我々凡人にとって最大の武器は、傷ついても帰る場所があることかもしれない。いざとなったら信頼できる仲間のもとに逃げ込んで、泣きついて甘えればいいだけの話。反対にラスト、すべての悪事をあばかれ、病(やまい)に冒(おか)されるメルトイユ侯爵夫人には、どう読み込んでも逃げ場所はない。地獄が待ち受けているとしか思えない。

　でも——。私はちょっぴり物足りない。そんなことで負けるあなたじゃないでしょ、メルトイユ侯爵夫人。また次のラウンドで会えるのを楽しみにしてる、とエールを送りたくなるのだ。結局のところ、意地悪、怖いと言われる女性のどこかに私はいつもユーモアや人間味を感じてしまうのかもしれない。いざこざが起きても、その背景にあるものにじっと目を凝(こ)らしたくなる。逃げることはいつでもできる。女同士、徹底的に理解を深めてからでも遅くはないのだ。

『居酒屋』

堕落するヒロインの心情がよくわかる

エミール・ゾラ
【1840−1902】
新潮文庫

今、この原稿を自宅のリビングのテーブルで書いているのだが、なるべく領収書の白い山を目に入れないようにしている。そう、確定申告の締め切りはすぐそこだ。自由業にとって一年でもっとも面倒くさい灰色のシーズン。新人作家である私は、これが必要経費なのかそうでないのかという選別の時点で、ものすごく迷う。この本、趣味で買ったのか仕事のために買ったのか、本当はどっちなのだろう――。

各出版社からの源泉徴収票を一枚の紙に貼ってまとめるのだが、これがもういやになるほど嵩張(かさば)る。もともと事務能力の欠如から会社員の道をあきらめたというのに、やっぱりどんな職業についても、経理の仕事はついてまわるのだ、と気付かされ、目の前が真っ暗になる。

なにものすごく裕福になりたいわけではない。お金を遣うことはあんなに楽しいのに、お金にまつわるあれやこれやはなんとやっかいなのだろう。いっそ、なにもかも忘れて、パーッと散財して無一文になりたい。領収書なんてけちけちとっておきたくない。

と、やけを起こしかけている時にゾラの『居酒屋』を読むと、つつましく生きる、働く女の心のたがが外れる瞬間、「めんどうくさい」の落とし穴の連続にどきっとする。ずるずる堕落(だらく)していくヒロインの心情に寄り添わされること請(う)け合いだ。

これまで紹介してきたどのフランス文学とも違うのは、主人公のジェルヴェーズが貴族ではなく、ごく普通の職業婦人、それもシングルマザーである点だろう。働き者の洗濯女ジェルヴェーズは愛人ランチエに棄(す)てられるも、二人の息子を育て健気(けなげ)に日々を送っている。そんな彼女に惹(ひ)かれたブリキ職人のクーポーは猛アタック。クーポーに夢を語るジェルヴェーズは目が覚めるほど清らかだ。

「あたしはね、高望みする女じゃないの。それほど欲ばりじゃないの……。あたしの願いっていえば、地道に働くってこと、三度のパンを欠かさぬこと、寝るためのこざっぱりした住居を持つこと、つまり寝床が一つ、テーブルが一つ、椅子(いす)が二つ、それだけあればいいの、それ以上はいらない……。そうそう！ それから子供たちを育てて、できればいい人間にしてやりたい……。」

（『居酒屋』古賀照一訳、新潮文庫より、以下同）

二人は手作りの結婚式をあげ、ささやかで堅実な生活を送る。娘ナナも生まれ、貯金もできた。しかし、クーポーの怪我(けが)をきっかけに幸せだった日々にうっすらと影が忍び寄る。怪我は治ったものの、休養中にクーポーは怠け癖を身につけ、次第に働かなくなるのだ。

このままではいけない、と一念発起(ほっき)したジェルヴェーズは、借金をして洗濯屋を開業する。まるで幸せを確かめるかのように、自らの誕生日にたくさんの人を招き、結婚指輪を質に入れてまでお金を工面し、盛大にごちそうを振舞う。

この食事の描写、特にジェルヴェーズが得意げにかかげる鵞鳥(がちょう)の丸焼きが思わずお腹(なか)が鳴るほど美味(おい)しそう。

大学生の頃、東京国立近代美術館フィルムセンター（現・国立映画アーカイブ）で観た映画版「居酒屋」（一九五六年・フランス映画　監督：ルネ・クレマン）のこのシーンもすばらしかった！

やがて、喚声があがった。子供たちの甲高い声や、うれしくてこ踊りする音も聞きとれた。みんな、意気揚々と戻ってきた。ジェルヴェーズは、汗ばんだ晴れやかな顔に満面、無言の笑いを浮べ、腕を張って鵞鳥を持っていた。女たちはそのあとに続き、同じように笑っていた。一方、ナナは端から、目を途方もなく大きく開いて、背伸びして見ていた。鵞鳥は大きくて、金色で、汁を垂らして、テーブルに置かれたが、みんなはすぐには手を出さなかった。驚きと感嘆で、みんなは声をのんだ。

この日がジェルヴェーズの幸せのピークだったといってもいい。前半はにぎやかで愛すべきパリの下町が、誕生日を境に不潔で猥雑な灰色の街角へと変わっていくのだ。クーポーは酒に溺れ、突然戻ってきたかつての愛人ランチエとの奇妙な同居をきっかけに、幸せだった家庭生活はグロテスクでただれた暮らしになりはてる。ジェルヴェーズは浪費でストレスを解消するようになり、仕事もサボりがちとなる。ついには洗濯屋まで奪われる。娘は家出。ジェルヴェーズは体を売るところまで追いつめられ、孤独にさいなまれ、いつしか死を望むように……。

目の前の領収書の白さが、幸せだった頃のジェルヴェーズの洗濯したシーツや下着の無垢な色とふと重なる。健気に積み上げていく地道な生き方というのは時に気が遠くなるほど苦しい。享楽的な人生より、はるかに罠と誘惑に満ちている。ジェルヴェーズを突き放して考えることなどとてもできない。そもそも一番問題があるのは、シングルマザーになんの保障も与えない当時の社会制度である。

それでも、どっちみちコツコツこなしていく他、道はなさそうだ。小さな楽しみを見出し、なんとか自分の怠け心と折り合いをつけるしかないのだ。

確定申告さえ終わったら、大好きな脚本家の映画を観て、マッサージに行き、春らしいシャツワンピースを買って、友達とおでんを食べに行こう――。ワクワクするような予定を思い描いて、私は領収書の山を再び突き崩していく。

女子の痛快なサクセスストーリー
『ナナ』

エミール・ゾラ
【1840−1902】
岩波文庫

新人作家はとにかくなめられる。てっきり私だけかと思ったらそうでもない。最近、ようやく作家仲間ができ始めたのだが、彼ら、彼女らもデビュー当時は似たり寄ったりな目に遭っている。

超売れっ子でさえ、そうである。

心が折れそうになるたび、先輩方に慰められ、結局いい作品を書くしかない、頑張るぞ、と背筋を伸ばしている。と同時に、「みじめな思いはまっぴら！　早く売れっ子になって、大事にされたい！　見返したい！」という野心がどんどんふくれあがる。

あれあれ、デビュー前は「本屋さんに自分の本が並べばなにもいらない」と思ってたピュアな私は一体どこへ？

前回紹介した『居酒屋』の続編にあたる『ナナ』の主人公ナナ（ジェルヴェーズの娘!!）も、人から尊敬を集めたい、とじりじりしているような下町出身の新人女優だ。女優というより、高級娼婦と呼んだ方がいいかもしれない。

時々は舞台にも立つけれど、基本的には複数のパトロンによって生活を支えてもらうナナは、ゴシップやファッションを含めて十九世紀末のパリで注目の若手セレブ。原色ギラギラのインテリアやパーティーシーンを読むだけで、わくわくしてしまう。

そう、この作品は古典にしては珍しく映像的なのだ。まばゆいくらい絢爛豪華、人工的でほんの少しだけグロテスク。

ナナが初めてヴィーナス役でヴァリエテ座に立った夜のド迫力には目を見張るばかり。

…早くもヴィーナスがやってきた。場内はざわめき動いた。ナナが素裸だったからだ。彼女は自分の肉体のもつ絶対の力を確信する落ちつきはらった図太さで裸身を露出していた。身につけたのは一枚の薄紗だけで、円い肩や、ばら色の乳首が槍先のように硬く突きでたたくましい胸や、みだらに揺れるひろい腰、ブロンド色に脂ぎった腿(もも)など、肉体の隅々までが泡のように白い軽やかな薄布のしたにまざまざと透いてみえた。（中略）突然、無邪気なナナのなかに、本来の《女》が立ちあらわれて、あたりに不安をまきちらし、女のもつ狂乱の発作をばらまき、ひそかな慾情をかきたてた。ナナはいつもかわらず笑いつづけた。だが、それは男殺しの痛烈な微笑だった。

（『ナナ』田辺貞之助・河内清訳、岩波文庫より、以下同）

一夜にしてナナは貴族の男達をとりこにし、上流社会に仲間入りを果たす。さっそく張り切って自宅で豪華パーティーを催すのだが、人々は主役のナナにおかまいなく好き勝手に振舞い飲み食いするばかり。その様子に失望したナナは、思わずこう叫ぶ。

「ひとに馬鹿にされたくないの！」。

その瞬間、素直でお人好(ひとよ)しな「ノリのいいギャル」であるところのナナの心に野心が芽生える。後にその身ひとつでパリ上流社会をがらがらと崩壊させてしまうきっかけとなるのだ。

「ひとに尊敬されたい」「馬鹿にされたくない」という台詞はその後、何度も何度も登場する。ナナの欲求はいつも無邪気でストレートだ。大富豪である元娼婦の邸宅に感動すれば、同じように財を成そうとひらめく。自分の名を持つ馬が競馬レースに参加し、群衆が「ナナ、ナナ」と叫べば、女王様気分で恍惚となる。ファム・ファタルと呼ぶにはあまりに憎めないその単純さゆえ、ナナの放つエネルギーは凄まじい。何人もの良識ある貴族が吸い寄せられ、勝手に破滅していくのだから。

物語の後半はどぎつい倒錯プレイ満載、結末も悲劇的なのだが、私にとっては一種痛快な女の子のサクセスストーリーだ。読み返すたび、やみくもなパワーをもらっている。物語に登場するたとえ話が、ナナという存在をもっとも端的に表している。

…太陽の色の一匹の蝿。その蝿は路傍に放置された腐肉のうえから死をつみとる。そして、羽根を鳴らし、踊りまわり、宝石のきらめきを放ちながら、宮殿の窓からはいりこみ、ちょっと男たちの身体にとまるだけで彼らを毒してしまう。

現在はまだ新人である私だが、見方を変えれば、「伝統をぶちこわす一匹の蝿」

と言えなくもないかもしれない。なにも持たないということは武器にもなる。欲しいものを欲しいと叫ぶ図太さは、それだけで一つの脅威だ。

ベクトルを見誤らないように、でもナナのようにたくましく身ひとつでサバイバルしていきたいな、と思っている。

紳士が娘に与えた「モテ教科書」
『クレーヴの奥方』

ラファイエット夫人
【1634−93】
岩波文庫

三島由紀夫『女神』は、自分の娘を「完璧なマドンナ」に育てようとする裕福な紳士の物語である。このスパルタ教育の描写がすこぶる面白い。

例えば、カクテルを頼む時はドレスの色に合わせる、サングラスは綺麗な目を隠してしまうので禁止、政治や経済には極めて疎くあること、菫の花とか風鈴とか凡庸な美だけ愛でること（ピカソの『ゲルニカ』に感動するのはNG）、スタイルキープのために運動は必要だけれど絶対に選手になってはいけない、しゃべりすぎない、個性ではなく優雅さを重んじる――。

女性誌で提唱される「愛され女子ルール」も裸足で逃げ出すこの厳しさ！　女に自由を認めていないようでオヤ？　と思うけれど、あとで紳士がしっぺ返しを喰らうとさえわかっていれば、興味深く読める。その紳士が娘に与えた小説がこの『クレーヴの奥方』だった。つまり、今回紹介する作品は、三島由紀夫お墨つきの「モテ教科書」ということになる。

ヒロイン・シャルトル姫（のちのクレーヴ夫人）は宮廷中の男達を夢中にさせるような美女でありながら、奥ゆかしく聡明で優しいハートを持つ。決して個性的なキャラクターではなく、これといった主張もない。母親の薦めるままにクレーヴ公と結婚し、幸せな生活を送っている。

ところが、社交界きってのプレイボーイ・ヌムール公と出会い、互いに恋に落ちてしまう。もちろん、誠実な彼女は夫を裏切ることはできない。死ぬほど悩み、自分の行動にストップをかけるべく、ヌムール公への恋心を思い切って夫に打ち明ける。よかれと思ったこの決断が、平和だった生活を嫉妬と猜疑心の渦に巻き込み、ついに悲劇が――。

「恋愛心理小説の祖」とも呼ばれるこの物語、真似したくなるテクニックやときめき描写に彩られているかと思えば、そんなことはまったくない。クレーヴ夫人はヌムール公の求愛には結局最後まで応えず、二人は口づけひとつ交わさないのだから。いってみれば気配りと我慢の物語だ。誰もがうっすら気付いているけれど口にはできない、お嫁さんにしたいNO．1の人生はそんなに楽しくない、ということをはっきり示している。

そもそも、不特定多数の異性を惹きつけ期待を裏切らないという生活、よく考えたらけっこう大変そうではないか。しかしながら、そんな慎ましい女性はウケがいいのは事実。なぜなら、感情を押し殺す美女というのは男性から見て、ぞくぞくするほどエロチックだから。現に、気持ちを隠しつれなく振舞うクレーヴ夫人に、ヌムール公の恋心はさらにかき立てられている。

奥方は（中略）せっかく恋が通じたと思った公のはかない歓びをほとんど消えさせてしまった。奥方の挙止のどこを見てもそういう気持とは反対のものがみえるのみで、いつか立ち聞きしたことはあれは夢だったのかしらと疑われるほど、今となっては信じられないものになってしまった。ただひとつだけ夢ではなかったのだと公に確かめさせてくれるものは、奥方がかくそうとしてかくしきれないでいる深い憂愁の色であった。優しい目つきや言葉でも、こういうつつましやかな挙止ほど、ヌムール公の恋心をつのらせはしなかったであろうと思われた。

（『クレーヴの奥方』生島遼一訳、岩波文庫より、以下同）

　ここまでくるとなんかもう、男の理想にならなくてもいいじゃないか、という気もしてくる。『危険な関係』のメルトイユ侯爵夫人や『谷間の百合』のダドレー夫人のように周囲を振り回している華やか悪女の方が断然楽しそう。やりたい放題振舞って「そんな君が好きだ！」と言ってくれる奇特なオンリーワンを探す方が絶対楽しいに決まってる！　そもそも私達が望むのは、アイドルごっこではなく一対一で向き合うガチの人間関係なのだ。

　しかしながら、クレーヴ夫人がこんなにも評判を気にし、慎重になるには訳がある。舞台となる十七世紀の宮廷ときたら、ネット社会顔負けに情報が流れやすい。誰もがゴシップにあけくれ他人の行動に目を光らせているので、感情のおもむくままに突っ走るのは命取りなのだ。

《…あたしは自分を幸福にしてくれるはずの夫の愛情と敬意を失ってしまった。いずれまもなく、みんなから恋に正気を失ったみだらな女のように思われることだろう。（中略）こういう不幸を前もって避けようとしたばかりに、あたしはかえって心の落着きも一生も台なしにしてしまう憂き目をいま見ている》

クレーヴ夫人の理想は決して高くない。一番大切に考えるのは周りの幸せや心の平穏なのだ。そんな彼女のささやかな望みが潰(つい)えてしまう様は悲しい。愛することはもちろん、愛されるのは時にしんどく切ないことなのかもしれない。『女神』の結末もそうであるように、マドンナとして輝くには孤独と代償がつきもの、そんなにいいもんじゃないよ、と思い出させてくれる一冊だ。

美容テクニックが学べる！

『愛の妖精』

ジョルジュ・サンド
【1804−76】
岩波文庫

夏はすぐそこだが、相変わらずいっこうに痩(や)せない。ダイエットを始めて一カ月。ジムでせっせと自転車をこぎ、白米から玄米に切り替えても、たったの五十グラムしか減らないのは一体どうしたことだろう。ああ、だんだんやる気がなくなってくる。そもそも運動は嫌いだし、バターたっぷりの焼き菓子やどぎつい色のグミキャンディがなによりも好きなのに……。そんな自分にカツを入れるべく、ジョルジュ・サンドの『愛の妖精』を選んでみた。邪道かもしれないが、私はこの名作を、恋愛小説というより美容小説として楽しんでいる。

『愛の妖精』は、のどかな田園を舞台に、自然やおまじないに詳しい貧乏な少女ファデットと裕福な農家のイケメン双子(ふたご)のランドリーとシルヴィネが織りなす、恋と成長の物語だ。『別冊マーガレット』に載っていてもおかしくない甘口ときめきストーリーだが、なんといっても作者は男装の麗人にしてプレイガールであるジョルジュ・サンド。素敵な女性になるためのヒントが詰まった教科書のような一冊である。

これまで紹介してきた小説のヒロイン全員が美女であるのに対し、ファデットはまったく可愛くない。村中の人に「こおろぎ」と呼ばれる色黒の痩せっぽち。ケチな祖母のおかげで衣服はボロボロで身なりも汚い。おまけに、奇行で周囲を怖がらせ、それを嬉しがってるようなイタい変人でもある。

そんな彼女が人気者のランドリーに恋をする。根は素直で優しい彼女は、彼にふさわしくあろうと決心する。お金もなければ知識もないファデットの美容は見ようみまねで、とにかくセンスと工夫が勝負だ。久しぶりに会った彼女の変貌ぶりに、村のマドンナに心奪われていたはずのランドリーの目は釘付けになる。

> なるほど、よく見れば、綿入りの下袴も、赤いエプロンも、レース飾りのない麻の頭巾もそのままで、例のみすぼらしい衣装に変りはなかった。しかし、それがこの週のうちに、すっかり洗濯して、裁ち直して、縫い直してあった。上衣の裾

はずっと長くなって靴下の上に体裁よく垂れているし、その靴下も真っ白なら、頭巾まで真っ白で、これは今度は形が変わって、きれいに梳きあげた黒い髪の上に可愛らしくのっかっている。肩かけだけは新しいが、これがまたやわらかいきれいな黄色で、小麦色の肌を引き立てている。（中略）どんな花や草をどう調合して使ったものか、顔はほの白く、手は可愛らしく、白いさんざしの花みたいに、くっきりとやさしく浮き上がっている。

（『愛の妖精』宮崎嶺雄訳、岩波文庫より、以下同）

花や草を調合？　つまり、手作り化粧水!?　「小麦色の肌」を可愛く見せる「黄色」を肩掛けに選ぶのは、パーソナルカラー診断でいうところの「イエベ」＊！　ヘアアレンジを工夫したりと、現代にも通用するアイデアで、彼女は少しずつ魅力的な女性へと近づいていく。

美女になろうとしない美容、というファデットの発想がとにかく新しい。「せめて見苦しくない程度」「せめて感じが良く見える程度」というものすごく低いところに目標を設定し、日々それをクリアしていく取り組み方は確実に長続きする。黒柳徹子さんが美容の極意として「投げやりになるな」「なるたけ感じよく清潔に」

＊イエローベースのこと

とおっしゃっていたが、通じるものがある。地に足のついた姿勢はこちらとしても応援したくなるし、そりゃランドリーも喜ぶだろう。

また、ファデットがただのいい子ちゃんではなく、なかなかの策士であるところも痛快だ。頭をフル回転して駆け引きするくだりは勉強になる。そもそもファデットがランドリーの弱みを握り、無理やりダンスを要求するところから二人の関係は始まっている。

さて、いざランドリーを振り向かせても、そこは非常に慎重なファデット。いきなり飛びつく真似(まね)はしない。クールに振舞い、いっそう彼の心を奮い立たせるのだ。

…この仕合せがあんまり早く手にはいったので、またすぐ逃がしてしまいそうな気がして心配だった。それが心配だったから、しばらくそっとしといて、(ランドリーが)*心(しん)から自分の愛(こころ)を求める気持を持たせようと思ったわけだった。

恋の主導権を握ったファデットは、知らず知らずのうちに双子の片割れ、シルヴイネの頑(かたく)なな心までをも解き、いつしか夢中にさせてしまう。王子様は女の子に魔

＊著者補足

法をかけてはくれない。むしろ、王子様に魔法をかけられるのは女の子の方だ、とファデットの成長は教えてくれる。

夏までに痩せる目標はひとまず棚上げしようと思う。代謝をアップし、健康的に過ごすためのダイエットにしよう、とハードルを下げてみれば、野菜たっぷり食生活やジム通いもそんなに面倒ではなくなってくるのは不思議なところだ。こつこつ続けることに意味がある。美女にはなれなくても、謙虚な気持ちで前向きに頑張れば、誰かにとっての可愛い妖精くらいにはなれるかもしれないのだから。

無自覚に異性を振り回す才能
『マノン・レスコー』

アベ・プレヴォ
【1697−1763】
岩波文庫

三十歳を過ぎたあたりから、女友達と集まるたび、お見合いや婚活の話を聞くことが多くなった。そもそも好きになれる人に出会えない、という悩みが大半を占めている。こればかりは努力や心構えではどうしようもない。

「ガツガツ出会いを探さなくても、付き合いたいと思える相手が自然に現れる人はいるわけじゃん。あれはなんでなんだろうねえ」

誰かがそう言うと、座はしんと静まる。たぶん皆、頭の中にあの娘やこの娘を思い浮かべているはずだ。ただそこに座っているだけで、まるで花が蝶を呼ぶように異性を引き寄せ、あっという間にドラマが始まる特別な女達。そう、またもや、憧れのファム・ファタルの話題だ‼

『マノン・レスコー』は世界で最初に「ファム・ファタル」を描いた恋愛小説であるそうだ。誠実で生真面目な若者シュヴァリエ・デ・グリューは、修道院に送られそうになる少女マノン・レスコーに出会い一目で恋に落ちる。この瞬間、まるでジェットコースターが急降下するように、順風満帆だったシュヴァリエの人生は、破滅に向かって突き進んでいく。

マノンがどんな容貌をしているかということについて詳しい描写はないのだけれど、シュヴァリエはこんな風に表現し、あがめている。

> その艶やかさは言語を絶していた。世にもたおやかに、世にも麗しく、世にも蠱惑的な、それは恋そのものの姿であった。
>
> （『マノン・レスコー』河盛好蔵訳、岩波文庫より、以下同）

そうか……。自分が「恋そのもの」なら、恋ができないなんて悩みとは無縁なのも納得だ。駆け落ち同然にして一緒に暮らし始めたシュヴァリエとマノン。おままごとのような暮らしが平和だったのはつかの間。マノンの浪費とパトロンにすぐ頼る癖のせいで、あっという間に暮らしは歪んでいく。読み進めるうちに気付くのは、優しくて健気(けなげ)なマノンの圧倒的な欠落感だ。

マノンは非凡な性格の女であった。金銭に対して彼女ほど淡白な女は決してなかった。それにも拘らず金に不自由することがおそろしくて、彼女は片時も平静であることができなかった。彼女になくてはならぬものは快楽であり遊戯であった。もし人がなんの代価も払わずに遊び楽しむことができるなら、彼女は一文も手にすることを望まなかったであろう。彼女は私たちの富の源はなんであろうかを知ろうとさえしなかった。彼女は一日を楽しく過すことができさえすればよかったのだ。（中略）ただこんなふうに快楽に没頭していることが彼女には何より必要であったから、それがない場合には彼女の気分や心の中をまったく信用することができなかった。

パトロンから金を引き出すため、シュヴァリエを残してさっさと旅立つマノン。ほどなくして一人の美少女がマノンからのこんな伝言とともに、彼の前にやってくる。

「…そして、私がいなくともあなたはさびしい思いをなさらないと信じたものですから、暫くの間でも彼女があなたの退屈を紛らすことができるように、私は心から願いました。なぜかと申しますと私があなたにお願いしますのは心の操なんですから。…」

この台詞を読むたびに、胃がキリッと痛むのは何故だろう。自分の不在を埋めてやろう、と愛する男に美少女を派遣するマノン。心の操さえ守れば体の浮気なんてどうということはない、となんの悪気もなく本気で信じているマノン。ズレているところが多すぎる。この人はいつでも大真面目なのに、どこをどうつまずいて、こんな感じになってしまったんだろう。きょとんとしている可愛い彼女をぎゅっと抱きしめて、優しく諭してやりたくなる。

ファム・ファタルと呼ばれる女性は皆、どこかいびつでどこか切ない。男性の愛でなければ決して埋められない底なしの空洞を抱いている。それは女性にやりがいのある仕事やのめりこめる趣味の選択肢がほとんどなかった時代のせいもあるのかもしれない。情報交換や努力でどんどんスペックを上げている私の仲間等に、「ダメ女になれ!」なんていくらなんでも乱暴すぎるだろうか。

いや、ファム・ファタルはとってもまぶしい存在だけれど、「ロマンスなしでも大丈夫」って、実は平和で満たされてるっていうことなんじゃないの？　と思ったりするのだ。

殺意の理由を探す追憶の旅

『テレーズ・デスケルウ』

フランソワ・モーリアック
【1885−1970】
講談社文芸文庫

仕事をする時は大抵、チェーンのコーヒーショップかファミリーレストランだ。なにかこだわりがあるのではなく、単になまけてしまうのでそれを阻止するべく家を出ているにすぎない。もともと驚くほどに集中力がないのと、できるだけネット環境から離れたいからだ。当然、スマホも置いていく。このしょうもないネット依存は、おそらく毎日が不安で、自分という人間の輪郭(りんかく)を強く確認したいからなのだと思う。

執筆の最中、自分がどこの誰なのか見失う瞬間が何度も訪れるのだ。十年後、いや、来年も小説を書いていられるのだろうか。そもそも、私の小説は面白いのだろうか。空席が目立つコーヒーショップをふと見回せば、私のようななにをしているのかよくわからない男女がぽつんと座っている。彼らもまた、誰かを探しているような心許ない表情を浮かべている。

ノーベル文学賞作家モーリアックの『テレーズ・デスケルウ』のヒロインもまた、自分という人間を見失い、なんとかして生きている実感を得ようと静かにあがいている。物語は裁判所から出てきたテレーズが、実の父に冷たく睨まれる場面から始まる。彼女は夫を殺そうとしたのだが、世間体を気にした夫が偽証したおかげで、無罪となった。一族のやっかい者となった彼女だが、再び家庭に戻らねばならない。表面上は今まで通り、恵まれた奥様のフリをすることが義務づけられている。

何故夫に殺意を抱くに至ったか。テレーズ本人にも理由らしい理由が見当たらない。それを探して彼女が過去を辿るのが、この作品の面白いところだ。馬車や汽車を乗り継いで夫のもとへと帰る道すがら、テレーズは徹底的に自分と向き合い、夫が納得するような毒殺の理由を懸命に探す。ロードムービーの味わいもあり、スリリングなミステリーとしても楽しめるのだ。

話は二人の出会いの前にさかのぼる。女子校出のテレーズは、聡明で凛とした、魅力のかたまりのような少女。親友アンヌの兄、ベルナールと結ばれた彼女は、誰が見ても文句のつけようのない幸せを手にする。しかし、結婚式の日のテレーズの表情は暗い。

…彼女はとりかえしのつかぬ不幸に気がついた。もちろん何一つかわったことはなかったが、テレーズは今後、一人っきりで思いにふけることなどできないのだと感じた。

（『テレーズ・デスケルウ』遠藤周作訳、講談社文芸文庫、以下同）

人の目ばかりを気にするベルナールとのだらだらした生活が、次第にテレーズをむしばんでいく。辛（つら）いわけでも、苦しいわけでもない。悲劇があればまだ救われるのだ。だんだん太り始めた夫が健康を気にすることさえ、わずらわしい。日常に押し流され、なにも感じなくなりつつある自分を、テレーズは恐怖する。

「だれもわたしのために何一つできないし、だれもわたしを傷つけることもできない」

ベルナールとの間にさずかった娘マリでさえちっとも可愛（かわい）いと思えない。アンヌにとがめられ、テレーズが途方にくれて娘を見下ろす場面は、二十世紀前半の作品とは思えないほど今日的だ。

「…でもどのように説明したらいいのだろう。わたしは今、自分のことでいっぱいだということを。心を占めているのは自分のことだけだということがわかってもらえないのだから。（中略）……でもわたしは、どんなときでも自分を見失うまいとし、自分をみつけずにはいられない女なんだ。…」

旅の終わり、テレーズはようやく殺意の理由、いや本当に欲しかったものを見つけだし、夫に救いを求める。しかし、ベルナールは彼女を冷たく拒否する。夫に見放され、完璧（かんぺき）に社会の枠組みの外に出たテレーズ。しかし、もう彼女にとって孤独は怖いものではない。なにもかも失ったはずなのに、酒を飲み、煙草（タバコ）を吸い、お化粧をほどこして一人で歩きだすラストはどこか爽快だ。

不安定な立場だし、自信なんてどこにもない。でも、私には孤独に向き合う魂の自由も、その時間もある。忘れてしまいがちな、たっぷりとした目がくらむような贅沢（ぜいたく）を、この作品を読むたびに思い出すのだ。

むき出しの野心の行き着く先

『赤と黒』

スタンダール
【1783－1842】
岩波文庫

これまで女主人公を取り上げてきたけれど、フランス文学篇のオオトリを飾る今回は、誰もが夢中になるに違いない、とびっきりのイケメンにスポットをあてたいと思う。

フランス古典文学が好きなのは修道院出身の貴族の子女が登場することが多いから、とはじめに書いたと思う。世間知らずのくせに、男心を平気で踏んづけ、あさってての方向に暴走しがちな令嬢達に、ヒリヒリワクワクさせられる。もう一つの理由に「ガツガツしている、余裕のない人に対して寛容である」ということが挙げられると思う。

最近の風潮として、野心は本当に歓迎されない。あくまでも、努力は見えないところでスマートに、謙虚な態度で敵をつくらず、「自然体」で生きていたらいつの間にか成功を手にしていました……というのが今もっとも求められるサクセスストーリーだ。すいません、書いてるだけでつまんなすぎて寝そうになりました！

スタンダール作『赤と黒』は、王政復古の時代を舞台にした、美青年ジュリアン・ソレルの成り上がりストーリーだ。美貌と才気を武器に、貧しい木こりの息子→町長の子供達の家庭教師→神学校入学→貴族の秘書へと、どんどん出世していく。「自尊心」という言葉がこんなに何度も何度も出てくる小説を、他にちょっと知らない。人によっては暑苦しく感じるかもしれないし、共感できない、なんて意見も出てくると思う。でも、この主人公を嫌いになれないのはクールな合理主義者に見えつつ、心の中は常にまっぷたつに引き裂かれ、もんどり打って大暴れしているところだ。

野心とは簡単に言ってしまえば、自分が置かれた境遇に満足せず、全力で反発するということだと思う。ジュリアンはとにかくこの世のすべてに反抗する。家族にも、権力にも、富裕層にも、なんなら自分に好意を寄せてくれる人にまで、不信感をあらわにし、キリキリ腹を立ててばかりいる。こりゃ、心を許せる相手や場所がないわけである。

現状に甘んじない姿勢は、確かに成長に繋がるが、周りもおのれもとにかく疲弊させるのだ。けれど、ジュリアンを知るうちに、読者は自分がいかに嘘をついているか、怒りを押し殺しているか、ということに気付かされるはずだ。

彼を挟んだ、高慢な侯爵令嬢マチルドと献身的な人妻レナール夫人という対照的な二人の女が魅力的だ。とりわけ、自分より格下のジュリアンに惹かれつつもギリギリまでそれを認めようとしないマチルドの心のたがが外れる過程は、何度読んでもときめいてしまう。

しかし、ジュリアンが彼女達への恋心を富裕層への嫉妬とごっちゃにするせいで、この三角関係はちっとも甘くなく、プロレスでも見ているみたいだ。せっかく美女二人にモテていても、ジュリアンには余裕も自信もゼロである。「お高くとまった金持ちの女なんかに、負けてたまるか！　惚れさせてやるぞお。コンチクショー」と奥歯を噛みしめるかのような描写は、ちょっと笑ってしまいそうになる。

ジュリアンはこせこせした虚栄心をなおはたらかせていた。（おれがいつか出世した暁、なぜ家庭教師などという卑しい職についたのかととがめられたときに、

恋のためにそんな地位に身を落したと、弁解できるようにしておくには、なおさらこの女をものにしなくちゃならん)

(『赤と黒』桑原武夫・生島遼一訳、岩波文庫より、以下同)

ジュリアンは彼女をかきいだいて接吻した、がその瞬間義務の鉄腕が彼の心をひっつかんだ。(おれがどんなに愛しているか、それが知れたら、この女を失ってしまうのだ)そして両腕をほどくまえに、彼は早や男らしい威厳を取りもどしていた。

その日とその後数日の間、彼は巧みに自分のかぎりない幸福をつつみかくした。

ジュリアンの野心が行き着く先は悲劇的だが、どこか新しい時代の風を感じさせるのが、この作品がただの愛憎劇で終わらない要因かもしれない。

どうして今、こんなに野心や情熱が疎(うと)まれるかといえば、それは、誰しも感情を殺すことになれっこだからだと思う。ガツガツ生きる様が見苦しいという以上に「私達が我慢しているんだから、あなたも我慢しろ」が本音だろう。古典を読んでいると、自分が解き放たれる瞬間が何度も訪れる。今よりもっともっと自由が少なかった時代に、これだけ心のおもむくままに生きたヒロイン達。死んでしまう人が驚くほど多く、フィクションなのにこんなに殺さなくていいじゃないかと思うことも多い。だけど、罰がなんだよ、それでも私は、やりたいようにやるよ、と言いたげな彼女達の姿はそれだけで救われ、勇気付けられるのだ。

Japanese

日本文学篇

胸をつかまれるキーワードが満載

『放浪記』

林 芙美子
【1903−51】
新潮文庫

二〇一二年に森光子さんが亡くなった時、私は初めて舞台「放浪記」をテレビで観た。国民的女優であり、プライベートではきめ細かい心配りで知られる森さん。彼女が演じる林芙美子(ふみこ)は一生懸命でありながらどこかコケティッシュ。伝説の「でんぐり返し」シーンも含めて、誰からも愛されるひたむきな魅力に溢(あふ)れている……って、ちょーっと待った！ おフミさんはこんなに優等生じゃないぞ！ と筋金(すじがね)入り林芙美子ファンの私は叫びそうになった。語り継がれる名舞台なのに物足りなく思うのは、『放浪記』の一番の魅力は日記の語り手である林芙美子が「いい子じゃない」ところにあると思うからだ。

大正末期から昭和にかけての東京を舞台に、デビュー前の林芙美子のアルバイト生活を綴ったこの作品は、貧乏生活や失恋の辛さを嘆きながらも、きらめくような希望に満ちている。ユーモアとバイタリティなら誰にも負けない作家志望のフリーター女子がカフェの女給や女中の職を転々としながら、詩や童話を書きまくり、成功を夢見てひた走る姿に、どうしたって自分を重ねずにはいられない。

デコちゃんこと高峰秀子主演「放浪記」は、名画座でDVDで、何度観たかわからない。ふてくされたような表情やへの字の唇は、まさに原作のイメージそのものだった。そういえば、新宿区の林芙美子記念館（すばらしい書斎とお庭！　一見の価値あり）で知り合った学芸員さんは、大竹しのぶさんが林芙美子を演じた舞台「太鼓たたいて笛ふいて」を絶賛していたっけ。誰もがそれぞれのおフミさんを心に抱いているのだ。

　言葉は悪いが、林芙美子の「ふてぶてしさ」に私は何度も元気付けられてきた。辞書をひくと、ふてぶてしいとは「開き直っていてずぶとい。大胆不敵である」とある。なかなかの強みになる気がするのだが、どうだろう。

　愛人になる道を選んだ女友達の行く末を思って涙にくれていても、書留が届き、原稿料が入ると、さっと泣き止む。これで当分、ひもじい思いをしないですむとわかれば、気持ちはもう晴れやかだ。え、私、泣いてたっけ？

私は窓をいっぱいあけて、上野の鐘を聞いた。晩はおいしい寿司(すし)でも食べましょう。

(『放浪記』新潮文庫より、以下同)

老いぼれたような私の心に反比例して、この肉体の若さよ。赤くなった腕をさしのべて風呂いっぱいに体を伸ばすと、ふいと女らしくなって来る。結婚をしようと思う。

富士を見た
富士山を見た
赤い雪でも降らねば
富士をいい山だと賞(ほ)めるには当らない

「時系列がよくわからない」「ストーリーがない」「説明が少ない」という理由で、この作品を読もうとして挫折した友達がいる。でも、日記文学の面白さは好きな時に好きな場所を開いて、細切(こまぎ)れで読み進められることにある。例えば、気になった芸能人のブログを初めて読む時だって、更新初日からすべてを読み直していく人はあんまりいないはず。『放浪記』は名作でありながら、気まぐれな読書を許す風通しの良さを持っている。ぱらぱらめくっているだけで、必ずやぐっと胸をつかまれるキーワードが3Dみたいに飛び出してくるはずだ。

九十代になる私の祖母は少女時代、『放浪記』に感動し、厳しい親の目を盗んで、山を越えて林芙美子の講演会に出かけていったことがあるという。

「たくさん本をお読みなさい」

と、彼女は優しく知的なまなざしで祖母に告げたそうだ。

おっとりした祖母にそんなバイタリティがあったのか！　と私は驚き、改めて彼女が好きになった。どんなたおやかな女性だって、わけのわからない怒りと反骨精神を秘めているのは、いつの時代も変わらない。お金をたくさん稼げなくても、みんなに愛されるマドンナになれなくても、別にいいじゃない。そんなことよりも、思い立った時に電車に飛び乗って見たいものを見に行くフットワークの軽さ、落ち込んだ後でもお菓子を頬張(ほおば)ればけろりとしてしまう現金さの方がずっとずっと一人の女性を輝かせるはずだ。

会社も学校も新年度を迎えるこの季節、それまでの悩みやうだうだをすぱっと切り捨て、明るい方向へ向かって力強く踏み出したいあなたに、ぴったりな一冊である。

読まなければ損をする物語

『悪女について』

有吉佐和子
【1931−84】
新潮文庫

この仕事のおかげか、最近では小説だけではなく女性誌からエッセイの依頼もいただくようになった。文芸誌ではお目にかかれないような「好感度」というお題を提示されることも多く、戸惑うことがある。この間は「彼にも女友達にも上司にも家族にもウケる、しなやかな全方位モテ」を狙うにはどのような言動やファッションをすればいいのか、という原稿依頼を受けた。さんざん悩んだあげく、私はお断りしてしまった。

「別に嫌われたっていいじゃない、傷ついても自分を貫け」なんていうロックな心意気は、私には毛頭ない。昔から、できることなら争いを避けて、ぼんやり生きていきたいタイプである。だからこそ「全員に好かれようとする落ち度ゼロの生き方」には及び腰になってしまうのだ。だって、常に周囲の視線に気を配るなんて心が安まる暇がないし、我慢が多そうではないか。それに、誰に聞いてもまんべんなくいい評判しか出てこない女性って、本当に魅力的なのかはなはだ疑問である。ある人から見るとどういうことのない平凡な女、ある人から見ると小生意気で抜け目ない美人、ある人から見るとはかなげなお嬢様。そんなミラーボールのように多面体な女性こそ、実は誰かを強く惹きつけてやまないのではないか、と私は思っている。

有吉佐和子の傑作『悪女について』を読んでいない人は、人生の半分くらい損をしていると私は声を大にして言いたい。女性の魅力の正体や、欲しいものを手に入れた時の恍惚とむなしさについて、ここまで突き詰めて描いた物語、それも活字をごくごくと呑み干すような快感を得られる物語はそうそうない。

戦後のどさくさに紛れ富も名声もほしいままにした富小路公子が謎の死を遂げ、彼女に関わった二十七名の人物が自分の中の「公子」を聞き手に語り出す。その印象が二十七通りすべて違っているというグラデーションはぞくぞくするほど贅沢だ。本を閉じた後、どんなに抗おうとも、読者こそが二十八人目の証言者になってしまう構成は何度読んでもしびれる。

昨年（二〇一二年）、沢尻エリカさん主演で単発ドラマ化されたばかりだから、タイトルが記憶にある方も多いのではないだろうか。個人的には、沢尻さん主演の大ヒット映画「ヘルタースケルター」よりもずっと面白かった。強烈な光と死の香りを放つ「ヘルタースケルター」の破滅型ヒロインよりも、表面上は可憐（かれん）な優等生でいて裏ではつじつまを合わせるためにフル稼働の公子の方が、沢尻さん本来のキャラクターに合っている気がするのだが、どうだろう。

貧しい生まれの公子ははかなげで上品な外見と知性を武器に、幾通りもの顔や名前を使い、土地や宝石を元手に猛スピードでのし上がっていく。八方美人なんて生やさしいものではなく相手によって声まで演じわけるほど、彼女の「人たらし」っぷりは徹底している。

彼女の声はねえ、僕は今でも思い出せますが、静かで、小さくて、耳を彼女の口許（くちもと）に持っていかなければ聞こえないくらいだったんですよ。それだけ男心はくすぐられましたがね。清純というのは、ああいう声じゃないでしょうかね。

（『悪女について』新潮文庫より、以下同）

物静かな口調？　いいえ、どうしてそんなことをお尋ねになりますの。若奥さまの声は、ぴりっとして、威厳に充（み）ち満ちていらっしゃいましたわ、いつも。でなくて、あのお若さで人を率いていけるわけがございません。

面白いのが、人の心を操（あやつ）ることにかけては名人級の公子ではあるが、連勝ではないというところだ。彼女を邪険にする人も現れるし、それどころか、美しいとさえ受け取られない場合も多々ある。どうということのない相手は騙（だま）せても、これぞという人には逃げられたりもする。

誰からも均一に好かれる女性というのは、傷つくことなく生きていけるのかもしれないけれど、やっぱり魅力にとぼしい。ある場所では好かれたり、ある場所では嫌われたり、大切にされたり、粗末にされたり、美しいと思う人もいればそうではないと思う人もいるのが生きた人間の魅力だ。一人を取り巻く、たくさんの心に宿った断片をつなぎ合わせた時に出来上がるタペストリー。それは、一色じゃないからこそ鮮（あざ）やかで、じっと見つめずにはいられなくなるのだ。

おしゃべりを楽しめる小旅行

『流れる』

幸田 文
【1904−90】
新潮文庫

女の人のおしゃべりを聞いているのが好きだ。自分が参加している輪はもちろんのこと、喫茶店で電車でケーキ屋さんの行列で、気付くと見知らぬ仲間のさえずりに耳をそば立てている。

聞き役と話し手はだいたい決まっているけれど、一番大人しそうな子が場をさらうなど、どんでん返しを見せることもあるから気は抜けない。美味しいもの、恋愛、家族、仕事。固有名詞に溢れ、話題があっちこっちに飛びながらも、不思議と軸はぶれない。目を閉じて、おしゃべりの渦に身を委ねれば思わぬほどエキサイティングな小旅行を楽しむことができる。やがて、潮が引くように彼女達が順繰りに口をつぐんだ時、私がぽんと放り出されるのはさっきまでと同じ景色。でも、ほんの少しだけ彩りは異なっている。着地点は常に現実的。どんなに深刻そうに相談をもちかけていても、女性はそううかつに今いる場所を手放そうとはしないのだ。ハラハラどきどきのジェットコースターと見せかけて、必ず元いた場所に立ち戻らせてくれるのが女のおしゃべりの一番好ましいところだ。

幸田文作の『流れる』はこのピーチクパーチクの勢いとリズムを、そのまま物語に流し込んだような傑作だ。

冒頭、ヒロインの梨花は落ち目の芸者置屋に面接にやってくる。四十代の未亡人である彼女が、芸者達のハイテンションなおしゃべりに巻き込まれ、あれよあれよという間に住み込みが決定して晩のお風呂を沸かすまでの流れは、さながらノンストップコメディの様相だ。置屋の女達はいずれも個性豊か。かつては売れっ子芸者だったお人好しの女主人、彼女にまったく似ていない仏頂面の娘の勝代、男運のない姪の米子とその幼い娘の不二子、ちゃっかりしたベテラン芸者の染香、若くたくましいなな子。昔は栄えた置屋だが現在の台所事情はかなり厳しい。借金取りや債権者などが休む間もなく出入りし、次から次へと事件が起きる。梨花はそのたびに機転を利かせ、芸者達をさりげなくサポートし、自分の仕事にやりがいを見出していく。

が、そんな条件より梨花の心を惹くものがこの土地全体にあった。この土地の何に心惹かれるのかははっきり云えないが、とにかくこの二日間の豊富さ、——めまぐるしく知ったいろんなこと、いろんないきさつ、豊富と云う以外云いようのない二日である。その豊富さは、つまりここの世界の狭さということであり、その狭さがおもしろい。狭いからすぐ底を浚って知りつくせそうなのである。知りつくした上に安心がありそうな希望が湧いているのである。しろうとの世界は退屈で広すぎる。広すぎて不安である。芒っ原へ日が暮れて行くような不安がある。広くて何もない世界が嫌いだというのは、ここが好きだということになる。雇傭関係はきめられた。

（『流れる』新潮文庫より）

花街というワンダーランドに迷い込んだ梨花の冒険譚であるともいえるし、主人と梨花の一種のバディものとして楽しむこともできる。自分とはあまりにも違う女ゆえ、梨花が主人に向ける視線はどこまでもフェアだ。見栄っ張りな部分には手厳しい一方、自分にはない豊かさと美意識にリスペクトを惜しまない。主人もまた、しろうとのしたたかさと知恵に溢れた梨花に一目置いている。二人のやりとりにべたべたした甘さはまったくないけれど、ふとした時に目配せするようなハードボイルドな信頼関係に惚れ惚れしてしまう。

芸者達のおしゃべりに巻き込まれながらもなんとかサバイバルしてきた梨花が、突然、ぽんと埓外に放り出されるところで物語は終わる。生きるエネルギーの湧き上がるラストであると同時に、あの永遠に終わらないかに思えたかしましいさえずりが、実はかけがえのない夢の時間だったと、読者ははっと気付かされるはずだ。

女性の環境はいつだってめまぐるしく変化する。本人の意志とは関係なく、突然関係が断ち切られることもある。いつなにが起きるかわからないからこそ、今すぐ胸のうちをぶちまけずにはいられないし、あんなにも早口なのだ。

今、目の前にあるあの子やこの子とのたわいのないおしゃべりだって、永遠に続くわけではない。『流れる』を読むと、きゃあきゃあ自己主張するのも楽しいけれど、友人らのおしゃべりに耳を傾け、今しかないこの時間にただ身を委ねてみよう、としんみり思えるのだ。

超肉食系なヒロイン

『おはん』

宇野千代
【1897−1996】
新潮文庫

『文士料理入門』（角川書店）という手のひらサイズの料理本が最近のお気に入りだ。料理好きで知られる、檀一雄、坂口安吾、内田百閒、森茉莉、武田百合子などが好んで作ったとっておきのレシピが、カラー写真と作りやすい分量で紹介されていて、スタンプラリー感覚で気張らずにどんどん挑戦できる。中でもとりわけ美味しそうで、作ってみたくなるのが宇野千代のレシピだ。

大量の大根おろしで豚バラを包んで蒸し煮にした「豚肉の大根おろし蒸し」、上質の牛肉を生卵とブランデーにからめて焼く「極道すきやき」、たっぷりのバターで穴子を焼いた「あなごのバター焼き」……。シンプルな調理法ながらはっとするほど大胆、なんだかぞくぞくするほどセクシーではないか！　正直、コストはかかるし高カロリー。ここぞという機会がないと作れないのだが、華やかな生き様で知られる宇野千代の欲望への忠実さがそのまま現れたようで、読むだけで胸がわくわく躍る。ここ最近、女性誌で取り上げられる人気の料理本というとヘルシーなワンプレートメニューが多いけれど、それとは正反対のエネルギッシュな魅力に満ちている。豪快で素材命の一発勝負。どちらかといえば男の料理だ。

作家の尾崎士郎や画家の東郷青児との恋愛はあまりにも有名。そんな文壇一の肉食系女子・宇野千代。確実に関係の主導権を握っていたのだということは、レシピだけではなく代表作『おはん』からも伝わってくる。

紺屋の若旦那である「私」(幸吉)は、ひかえめで健気な妻おはんと生まれてくる子供を捨てて、勝ち気で華やかな芸者おかよのもとへと走った。おかよに養ってもらう怠惰な暮らしに慣れた頃、偶然おはんに再会した「私」。懐かしさと愛おしさがこみ上げ、関係を持ってしまう。なし崩し的に、二人の女の間を行き来するようになるが、どちらも選べないまま、時間だけがだらだらと流れていく。……これだけ聞けば、なんてひどい男だろう、と怒りがこみ上げてくるものだが、不思議とページをめくる手は止まらない。

なぜなら、主人公は女達から搾取して面白おかしく生きているわけではないのだ。これまで想像したこともなかった、身勝手な男の惨めさがちゃんと描かれている。どちらの女と会っていても不安で、足元はさだまらない。二重生活の中で、どんどん自分を見失っていく。むしろ、まったく生き方がブレないのは、おはんとおかよだ。一見虐げられているように見える女達の方が「私」から活力を得ている気がしてならない。「私」から見たおはん、おかよはそれぞれ激しく魅力的であり、確かにどちらか一方を切るのは難しいと思わせられる。好きな相手をしぼれないのは男のだらしなさだけれど、それは同時に生きるエネルギーが著しく弱いとも言えるのだ。

遅かれ早かれ悲劇が起きるだろう、といううっすらした不安は序盤から立ちこめているのだが、考えうる限り最悪の事件をきっかけに、二重生活は終わりを迎える。

おはんが最後に下す決断を、宇野千代は神聖化していない。どちらの女にも肩入れしないし、最終的には「私」さえ突き放す。幕切れで、おかよがおはんを評した言葉はぞくりとするようだ。

「…男のいらんおひとは、どこの國なと行たらええ。あては男がいるのや、男がほしいのや、」

（『おはん』新潮文庫より）

　おかよもおはんも悲しいくらいに自分を曲げることはできない。優柔不断な「私」は最後まで、おろおろと二人の間で右往左往するばかりなのだ。宇野千代はそんな「私」に憑依（ひょうい）したかのように、正反対の女二人を俯瞰（ふかん）している。

　そういえば、私の知る恋愛体質の人はみんなとっても強い。外見はどんなに女らしくても、決断はすぱっと迷いがないし、選ばれるのを待っているようなタイプは一人もいない。それでいて、男性の弱さやダメさをよく理解し、究極のところで男を許している気がする。

　私はそこまで到達できそうにはないし、男の世話を焼くよりは、強い女達に囲まれている方がずっといいけれど、宇野千代作品に触れ、肉食レシピを再現するたび、あの頃はまったく理解できなかったあの人やあの人の気持ちを、ほんのちょっぴりつかめそうな気になるのだ。

『隣りの女』

大胆すぎる展開に目をみはる

向田邦子
【1929−81】
文春文庫

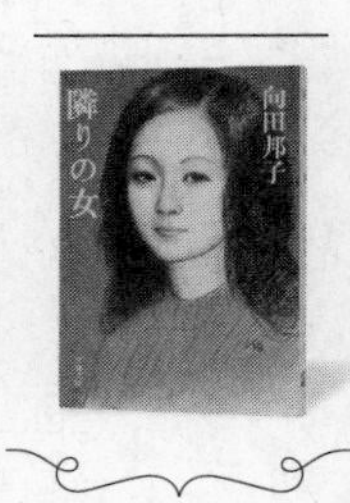

料理は考えついたその人をあらわすに違いない！　というわけで、引き続き、大作家の愛したレシピに夢中になっている。

前項では宇野千代に触れたが今日は向田邦子を取り上げたい。脚本家、小説家として超一流であるだけではなく、シックなおしゃれの似合う女性で、暮らしを楽しむエキスパート。『向田邦子の手料理』（講談社）は彼女の人柄に触れる読み物として最高なだけでなく、思わず作ってみたくなる魅力のレシピが満載だ。牛乳スープ、白身魚のマヨネーズ焼き、卵とレバーのウスターソース漬け……。どれもこれも本当に簡単で美味しい。お金のかかった外食も自宅の手作りご飯も同じくらい愛している女性にしか思いつかないであろう、素材の組み合わせと引き算の美学。時代の違いももちろんあるが、材料にお金を惜しまない高カロリーでゴージャスな宇野千代料理と違い、身近な食材で手早く作れる向田レシピはシングル女性ならではの知恵と工夫に溢れている。しかし、最近流行りの時短メニューとはだいぶ異なる。厳しい父親に育まれた生真面目な長女ならではの折り目正しさ、シンプルながら豊かで複雑な味わいがいかにも向田クオリティだ。時間がない、余裕がない、という言い訳は、よりいっそう生活を殺伐とさせてしまうのだなあ、とつくづく思う。

するすると深いところに滲みていくような文章、人間の本質をえぐるのではなくサクリと切りとってみせる熟練の技術、えもいわれぬふくよかな読後感。ドラマももちろんすばらしいけれど、向田邦子の短編小説は、活字を味わう喜びをぎゅっと濃縮したような「美味しさ」に満ちている。個人的に大好物のジャンルである「正反対の女性二人」を描いた『隣りの女』は、ときめきを忘れかけている人に是非読んでほしい作品だ。

アパートの一枚の壁を隔てて暮らす、地味な主婦のサチ子と奔放なスナックママの峰子。隣から漏れ聞こえてくる峰子と男達との逢瀬に、胸をときめかせるサチ子。つまらない日常にうんざりしている彼女は、ある事件をきっかけに峰子の愛人の一人である麻田と関係を持つ。しかし、麻田にとってはそれは遊びにすぎず、なんの悪気もなくサチ子の財布にお札を入れてしまう。一生に一度の恋愛のつもりが、相手は売春だと思っていた——。ショックを受けたサチ子は、なんとかしてこの許しがたい間違いを正そうと、麻田を追ってニューヨークに行ってしまうのである。

普通の書き手だったらとても思いつかない大胆すぎる展開だ。読者と同じ目線に立っているとばかり油断していた平凡な女が、いきなり境界線を踏み越えてくるのである。残された夫の集太郎はサチ子を探すうちに、峰子から誘惑されることに……。

生きることに鈍感になっていたゾンビのような夫婦が、男と女として試され、短期間で再生する展開は実にスリリングだ。集太郎のもとへと戻ってきたサチ子。最後の会話は短いながらも、互いの弱さも醜(みにく)さも知り尽くした者同士の慈愛に満ちている。

「あたしね、本当は谷川岳なんかのぼったんじゃないの」

「よせ！」

追いかけて、やわらかく、よせよ、と言った。

「実はおれも麓まで行ったんだ」

「麓……」

「のぼるより、もどるほうが勇気がいると言われたよ」

「だれに？」

集太郎は目をあけた。

目やにのくっついた無精ひげの顔がサチ子には妙になつかしく思えた。

「そのはなしは、七十か八十になったらしようじゃないか」


（『隣りの女』文春文庫より）


退屈な日々に踏みとどまる人間の勇気を、向田邦子はそっと肯定している。大冒険を終えたサチ子の成長が「前よりも少しばかり丁寧におかずをつくり」に集約されているところが、いじらしくささやかで、圧倒的に正しい。

最後に一つ、卵とレバーのウスターソース漬けは超簡単なのに目から鱗の美味しさなので作ってみることを声を大にしておすすめしたい。本当に本当に美味しいですよ！

恋の幕引きに漂う爽快感

『返事はあした』

田辺聖子
【1928−2019】
集英社文庫

　新刊の宣伝と旅行を兼ね、若い女性編集者Aさんとお互い自腹で大阪に行ってきた。一人暮らしで超多忙、料理は苦手、でも気取った外食は疲れちゃう、というAさんにとって、屋台や立ち食いの充実した梅田界隈(かいわい)は夢のようだという。「お店の人や常連さんとゆるゆるやりとりしながら、安い値段でサッと食べてサッと帰れる。こういうのって理想的ですよお」と、名物のチョボ焼きやたこ焼きを幸せそうに頬張(ほおば)っていた。

　大阪を訪れるたび、飲食店の接客がフレンドリーで、老いも若きもカップル客が多く、その誰もがものすごくよくしゃべることに驚かされる。食もコミュニケーションツールの一つ、気の合う誰かとのおしゃべりは最高の調味料。生きることへの貪欲さで活気づいた土地で食べるお好み焼きやすき焼きは格別の味だった。

しかし、Aさんはしきりにため息をついている。

「ああ、田辺聖子さんの小説だったら、こういうお店で肘と肘の触れあった男とすんなり恋に落ちるんでしょうけどねえ……。実際はねえ！」

Aさんの始まったばかりの恋を応援しつつ、せっせと豚玉やすじ玉をひっくり返していると、本当におせいさんの本の登場人物になったみたいで愉快だった。〝おせいさん〟こと田辺聖子さんの小説は大抵大阪が舞台で、独身女性の本音と美味しそうな描写に満ちている。

『返事はあした』のヒロイン・二十四歳の江本留々（ルル）は、落語好きのクールな恋人・孝夫のつかみどころのない言動に振り回されている。将来の不安でいっぱいだけれど、一人でも大丈夫よ！　といわんばかりに、美味しそうなお店を自ら開拓し、元気いっぱいに食べ歩くルル。今なら「スイーツ女子」と揶揄されそうだけど、なんとか自力で大人になろうともがく、切実な「女の子」の姿がそこにはある。

悩み多き彼女にとって、読書や食の好みがぴったり合う「うどん仲間」の村山クンとの時間はときめくものではないけれど、かけがえのないエネルギー源。ルルを励まそうと、松茸尽くしの手料理でもてなす村山クンが実に頼もしい。

土びん蒸しのお汁(つゆ)の味といい、すき焼きの醬油と砂糖の割合いといい……、それから、お酒の終るのを待てないでお箸をつけてしまった、松茸のたきこみ御飯の薄味といい、

「申し分なし、いうことなし、もう太ってもいい、おいしいものも食べないで、痩(や)せてなんの人生ですか！」

　と私は叫んだ。

（中略）

「うん、やっぱし味覚が一致せえへんことには、ココロも結びつくはずないよ。まず一緒に食べることですな、同じモノを、同じおいしさで」

　寝るより食べること？

　そんなことは村山クンにいわないけど、少なくとも、村山クンと二人で松茸を食べていると、違和感は感じないのであった。男ゴコロも女ゴコロも、ごちそうの中に生れるのかもしれない。

（『返事はあした』集英社文庫より、以下同）

村山クンとは正反対に、恋愛に生活感を持ち込むのが苦手で、決してルルに手料理を振舞わせてくれない孝夫。恋にのぼせていた彼女も、次第に彼を見る目が変わっていく。

孝夫の「何か」の魅力は、ひょっとすると、私が勝手につくりあげた幻影かもしれない。それを推してもし孝夫に賭けたら、……。深い愉悦と、その反対ににじれったさ、もどかしさを一生抱きつづけないといけないかもしれない。にがい空虚と甘い充実をかわるがわる舌先で味わって、大きい欲求不満のうちに一生を終える、その生涯が目に見えそうだった。

ルルの決断、そして自ら下ろす恋の幕引き。爽快であるとともに、ほのかな切なさも漂うのはおそらく、一人の食事を気ままに楽しんでいればよかった「女の子」の時間の終わりを示しているからだろう。

「女の子」の季節のまっただ中にいるAさん。「早く落ち着きたい」とぼやきながらも、小さな冒険に満ちた毎日は楽しそうだ。もうとうにその季節が過ぎ去った私にとっては、かなりまぶしく羨(うらや)ましい存在である。

食の官能と幸福の記憶

『鮨』

（『食魔　岡本かの子食文学傑作選』より）

岡本かの子
【1889－1939】
講談社文芸文庫

お世話になった方にお鮨（すし）をごちそうすることに決めた。三十一歳にして初めての経験である。小説の取材で連れていってもらったことのある浅草のお鮨屋さんに狙（ねら）いを定め、わくわくしながら予約を入れた。

その店のお鮨は、職人さんの手のひらから客が直（じか）に指でつまんで受け取ることで有名だ。しゃりをふんわりと軽く握るので、固い場所にちょっと置いただけでネタの重みで鮨が崩れてしまうのを防ぐためである。最初はおっかなびっくり鮨をつまみ上げていたその人も、次第にくつろいで、雲丹（うに）や烏賊（いか）など、好みのネタを遠慮なく口にしてくれるようになった。

お酌をやったことがない私だが、この日ばかりはいろいろと先を読んだ。相手が食べたいネタを推測しながら「これいかがですか？」と提案してみたり、お手洗いに立った隙をうかがってお金を払う。ご馳走する側になって初めて、自腹の方がお鮨は美味しいことを発見した。

「こんな美味しいお鮨、もう当分食べられないなあ」

と、喜んでもらい、こちらの感謝も多少は伝わったかな、と思うと嬉しかった。人の手から手へと渡る光るお鮨は、信頼関係そのものであると私は思う。お礼を伝えるのにはうってつけである。

岡本かの子の短編『鮨』は、そんな手から手へと渡る食の幸福の一瞬を鮮やかに切り取っている。

鮨屋の看板娘であるともよは、遊び慣れた五十代の常連客・湊に淡い好奇心を持つ。食の作法が巧みな湊だが、鮨は好物というより「慰み」であるという。潔癖症で偏食だった子供時代、今は亡き母が自ら握ってくれた鮨のおかげで、食の楽しさに目覚めたらしい。彼にとって鮨はただの食べ物ではなく、一生胸から消えない母性のイメージなのだ。

新緑の美しいある日、母は清潔な縁側に新しい茣蓙を敷き、同じく新品の俎板や包丁を並べ、清潔な手の裏表を返して、湊少年をまず安心させてみせる。そして、おもむろに炊き冷ました飯に酢を混ぜ、小さくつかみ、両手で握ってみせる。

はだかの肌をするする撫でられるようなころ合いの酸味に、飯と、玉子のあまみがほろほろに交ったあじわいが丁度舌一ぱいに乗った具合――それをひとつ喰べて仕舞うと体を母に擦りつけたいほど、おいしさと、親しさが、ぬくめた香湯のように子供の身うちに湧いた。（中略）子供は、はじめて、生きているものを噛み殺したような征服と新鮮を感じ、あたりを広く見廻したい歓びを感じた。むずむずする両方の脇腹を、同じような歓びで、じっとしていられない手の指で摑み掻いた。

（『鮨』『食魔　岡本かの子食文学傑作選』講談社文芸文庫より、以下同）

子供は続けて喰べた。母親が握って皿の上に置くのと、子供が摑み取る手と、競争するようになった。その熱中が、母と子を何も考えず、意識しない一つの気持ちの痺れた世界に牽き入れた。五つ六つの鮨が握られて、摑み取られて、喰べられる――その運びに面白く調子がついて来た。素人の母親の握る鮨は、いちいち大きさが違っていて、形も不細工だった。鮨は、皿の上に、ころりと倒れて、載せた具を傍へ落すものもあった。子供は、そういうものへ却って愛感を覚え、自分で形を調えて喰べると余計おいしい気がした。

湊は亡き母の残像を追いかけるごとく、気に入りの店はつくらず、鮨屋から鮨屋へと流れ続けている。突然店に来なくなった湊に、ともよは切ない思いを馳せるのだ。

大人になると、心から信頼してくつろげる相手とはなかなか出会えない。子供時代、母の手から無邪気に揚げたてのドーナツやおむすびを受け取ったような幸福が、いかに得がたいものなのかと年々わかるようになってきた。だからこそ、本当に感謝を伝えたい相手とはこれからもちょくちょくお鮨を食べに行きたいなあ、と思うのだ。

濃密で甘い親子関係が描かれた宝箱

『甘い蜜の部屋』

森茉莉
【1903－87】
ちくま文庫

八月に入ってからというもの、体温との境目が溶けているような、外気と湿度に悩まされている。こう暑くてはなんのやる気も起きないし、そもそも外に出たくない。ここ数日は自宅労働者の弱みで怠惰（たいだ）の沼にずぶずぶと沈んでしまっている。本を読むでも音楽を聴くでもなく、寝そべって携帯電話をつつきながらうつらうつらするうちに、後ろめたさとともに日が落ちる。

いっそのこと「暑い季節は働かないぞ！」と割り切って、たっぷり休息を取るように切り替えればいいのだが、意味のあることをせねばという焦（あせ）りがどうしても捨てられない。日本にバカンス文化が根付かないのはそのへんにあるのではないか。体に鞭（むち）打って働くのが正しい姿、とどこかで信じている自分がいる。プールサイドに寝そべってなにもしないような過ごし方に、なんとなく罪の意識があるのだ。

森鷗外の愛娘としても有名な森茉莉の作品を読むと、そんな貧乏くさい根性が恥ずかしくなる。鋭い美意識とユーモアに溢れたエッセイも大好きだが、小説『甘い蜜の部屋』はめくるたび、忘れかけていた「うっとり」のシロップに浸される心地良さにため息が漏れるのだ。

大正時代を舞台に裕福な紳士・林作とその一人娘の藻羅の、まるで森鷗外と森茉莉を思わせる、誰にも踏み込むことのできない濃密な親子関係が描かれる。というと、背徳感や暗さが漂いそうなものだが、林作の愛を一身に受けて贅沢三昧しながら、めきめきと美しく成長していくモイラには、揺るぎない自信とふてぶてしさしかない。

…髪と同じ色の瞳を上瞼にひきつけたモイラの眼は、酷く可哀らしいが、底に肉食獣を想わせるものが隠れている。自分に注がれる愛情への貪婪である。愛情を喰いたがっている、肉食獣である。モイラは自分に注がれている愛情の果実を、飽くまでむさぼり尽そうとする。まして林作の愛情は、黄金の果実の汁のように美味く、いい香いがするのだ。殆ど無意識の中でモイラは、母親の乳房に舌を巻きつけ、乳首を強く吸い、嚙み傷をさえつけながら無限に出てくる温かな、甘いものを、吸いつくそうとして小さな脣と咽喉とを鳴らしている赤子のようにして、林作の愛情を雫まで吸いつくそうと、している。

（『甘い蜜の部屋』ちくま文庫より）

ピアノ教師、馬丁、避暑地で知り合った青年、夫となる富裕な男……。いずれもモイラがなにもしなくても、次々と彼女の悪魔的魅力のとりこになっていく。「そんなモテ女の話、嫉妬でイラついて読めないよ！」という声が聞こえてきそうだが、モイラは手練手管の小悪魔というより「大きな赤ちゃん」といった風情なので、いかに傲慢に振舞おうとなんだか憎めない。基本的にのろまで、召使いや男なしにはなにもできない女の子。言葉足らずで、恐ろしく食いしん坊。「あたし、モイラ」と仏頂面で周囲を威圧する様は痛快でさえある。

たっぷりとした石鹸の泡の中に裸を委ね、召使いに背中を洗ってもらう。ひんやりしたシーツに横たわり目を細める。気持ちの良いことに貪欲なモイラの皮膚感覚を追体験するうち、自分を可愛がり慈しみたくなる。他にも、うっとりするような洋服の描写、「実なしの肉汁」とか「ロオスを挽き肉にして焼き、柔かく煮込んだものに葱を煮て添えた一皿」など、贅をこらした西洋料理の描写に彩られ、森茉莉のお気に入りだけ詰め込んだ宝箱のような読み心地だ。

タレントの壇蜜さんが世に出た時、彼女の話題で持ちきりだったが、「蜜」という言葉の響きが、余裕のなくなったわれわれの心をぐっとつかんで引き寄せていたのかもしれない。ダイエットや栄養なんて関係ない、ただただ個人の楽しみのためだけの、とっぷりとどこまでも沁みていく甘露。

やりたくないことはやらない。会いたくない人には会わない。誰だって塩辛い思いを味わって生きているのだから、たまにはお気に入りを身の回りに引き寄せ、涼しい部屋に子供のようにふんぞりかえって、自分なりの蜜の時間をたっぷり味わうのも悪くはないと思うのだ。

夫にすすめられた「暮らしの覚え書き」

『富士日記』

武田百合子
【1925－93】
中公文庫

猛暑があっという間に終わり、ひとり取り残されたような寂しさを噛みしめている。今年もなにもしないまま終わってしまったなあ、という後悔は毎年のこと。暑ければ暑かっただけ、反動のように祭りのあとの静けさは深い。

さて、祭りといえば、この夏はTwitterでの炎上が話題だった。飲食店の従業員が、商品である食べ物をおもちゃにした画像を次々にアップし、新聞沙汰になるほどの騒ぎとなった。大型冷蔵庫で涼む若者の画像は二〇一三年の夏を象徴するといってもよい……。もちろん許されることではないが、猛暑への憤りをぶつけるようにバッシングは過熱、対象が未成年であれ、吊るし上げに容赦はなかった。

武田百合子が夫・武田泰淳と富士北麓の山小屋で過ごした日々（昭和三十九年

から五十一年まで）が綴られた『富士日記』は優れた日記文学として愛されているが、百合子さんの天真爛漫な行動の数々は、ネットがあったらやり玉に挙げられたであろうものばかりだ。飲酒運転は当たり前（‼）、山で見つけた植物を無鉄砲に口に入れてお腹をこわし、裸で湖をのびのび泳ぐ。感情に正直なので、かっとなりやすく通りすがりの無礼者と喧嘩になることもしばしばだ。食いしん坊な百合子さんがささっと作る簡素な料理の覚え書きはたまらなく魅力的だが、これがＳＮＳなら……。コメント欄で「手抜き」「品数少ない」「ご主人の体を考えて！」「炭水化物多すぎ」とやいのやいの騒がれるだろう（でも、そこがいいのだ！）。

動物好きな百合子さんは、飼い猫が蛇をくわえてきたら大喜びし、おびえる泰淳などおかまいなしだ。

> 「あ、タマ。蛇をくわえてきた。とうちゃん、見てごらん。タマの顔はダリにそっくり」。主人は私の声を聞くなり仕事部屋に入り、乱暴に音をたてて襖を閉めきる。タマは仕事部屋の前にきちんと坐って蛇をくわえたまま待っている。蛇をくわえているから鳴いてしらせるわけにはゆかない。みせたいから開けてくれるまで黙って坐っている。「いいか。タマを入れちゃいかんぞ。絶対に開けるな。

俺はイヤだからな。タマをどこかへつれてけ。蛇は遠くに棄てこいよ」。主人は中から、急に元気のなくなった震え声で言う。

私はタマの頭を撫でて「タマ、えらいね。遠くからせっせと持ってきたのね。大へんだったね。見せてくれてありがとさん」と言う。蛇をくわえたままの猫を風呂場に入れておく。

（『富士日記』中公文庫より、以下同）

LINEもTwitterもFacebookも便利で大好きだし、泣きたい夜のセーフティーネットにもなる。食べログやAmazonの評価が参考になることもしばしばある。でも、常に他人と意見を擦り合わせ、「どう見られるか」に焦点を置いた行動をずっと続けていると、本来誰もが持ち合わせているはずの伸びやかな感性は痩せ細っていく。たまには人の群れを離れ、下調べせずに町歩きを楽しんで、心を自由に遊ばせてみよう。たった一人で風の変化を楽しんだり、予備知識ゼロの店に飛び込んだり、野良猫の跡をつけてみるのもいい。そんな生の経験ほど、魂を健やかにするものはないのだ。

『富士日記』はそもそも人に読ませる前提で書かれたものではなく、泰淳にすすめられて始めた山の暮らしの覚え書きだ。上・中・下巻を読み直して、あらためて武田夫妻のラブストーリーなんだと気付かされる。二人の愛の深さが何気ないやりとりに滲み、何度も胸が鳴った。武田泰淳の体調が悪くなる後半、死の空気は濃い。それでも、富士山の季節の移ろいを受け入れるように、百合子さんは次第におとろえていく夫を淡々と見守っている。

雨が降るたびに、草はのび、葉や枝はひろがり、緑は深まってきて、時間が刻々過ぎ去ってゆく。毎年私は年をとって、死ぬときにびっくりするのだ、きっと。

それでは、恒例の『文士料理入門』（角川書店）から『富士日記』の再現レシピを作って、武田百合子さん風の覚え書きでお別れしたい。一度やってみたかったのである。

九月十日　夜　やきそば（キャベツ、牛肉、桜えび）

澄んだ甘さが滲む戯曲

『アップルパイの午後』

（『尾崎翠　ちくま日本文学００４』より）

尾崎 翠
【1896-1971】
筑摩書房

林檎（りんご）が安くなったので、なかしましほさんの『まいにち食べたい〝ごはんのような〟ケーキとマフィンの本』（主婦と生活社）に載っているアップルパイを焼くことにした。バターも卵も使わない、全粒粉と豆乳を使ったパイ生地は簡単でカロリーも控えめなのに、さくさくとした歯触り。ここ数年、繰り返し作り続けているお気に入りレシピだ。無精者だけれど、お菓子を作ることだけは苦にならない。きび砂糖と水だけでいちょう切りの林檎を煮ていると、甘酸（あまず）っぱい香りが家中に立ちこめ、それだけで自分がそこそこちゃんと暮らせている人間に錯覚できるのが気に入っている。

アップルパイとは不思議な食べ物だ。一年中どんな地域でも食べられるのに（マクドナルドにもあるくらい）、なんとなくドラマチックで特別な響きがある。お菓子だけど軽食にもなる。ちゃんと作るとなると時間はかかる。幼い頃そうたくさん食べた記憶もないのに、懐かしくて母性的なイメージが漂う。

原克『アップルパイ神話の時代―アメリカ モダンな主婦の誕生』（岩波書店）はアメリカを象徴するお菓子、アップルパイがいかに女性を啓蒙するための道具として利用されてきたのか、たくさんの商品広告を例にして論じている。五〇年代のカラフルでポップなアメリカの食品ポスターが大好きなので手にとってみたが、ぞくっとする内容だった。第二次世界大戦後、冷戦構造や核開発への狂奔を覆い隠すように、広告業界はこぞって「豊かで強いアメリカ」「みんなが笑っているハッピーな家庭」幻想を流布していく。主婦がアップルパイを焼けないのは恥、賢くて可愛い女はアップルパイを焼かなければならない、アップルパイこそがアメリカのお袋の味、お袋の味は男ならみんな好き、夫に愛されることが一番の幸せの道……。難しいパイを手早く作れる加工食品を売るためにならべられたキャッチコピーが女性たちを袋小路に追い込み疲弊させていく手くだは巧妙で、今流れているCMにも、大いに思い当たる節がある……。命の象徴でもある林檎を甘く煮詰め、手のかかるパイで包んだ、温めて食べるのがポピュラーなお菓子。親しみやすく寛容なイメージから、ついついろんなものを押し付けられがちだ。

大正から昭和にかけて活躍した作家・尾崎翠の戯曲『アップルパイの午後』におけるアップルパイは、打って変わって軽やかな恋の象徴だ。尾崎翠の文章は自分の中にいるちょっと偏屈で空想好きな少女をいつも引っ張りだしてくれる。大きな世界を描いているわけではないのに、なぜか安い靴でどこまでも歩いていけるような自由な気分になれるのだ。ちょっとした表現や言い回しに、奥歯で氷砂糖を噛み締めた時のような澄んだ甘さが滲む。「唐辛子の入ったソオダ水のような兄」と口論する勝ち気でボーイッシュな少女。兄は恋人への婚約申し込みの返事を待っていらいらしているし、少女は兄の友達と交わしたくちづけを忘れられず、出すあてもないラブレターを書き連ねている。物語の最後、その肝心の友達が朗報とともにアップルパイを手にやってくる。

友達　お茶なんかどうだって好いから、おかけなさい。
妹　でもお茶が濃いほどあなたはやさしくなるんですもの。（パイを切る）
友達　（パイを舐めながら）パイだけの方が好い。お茶に酔うとまたお口を拝借したくなるから。
妹　（パイを舐めながら）まだ怒っていらっしゃるの。手紙にあんなに書いたのに。

友達　「だってきまりが悪るかったんですもの」か。だからお茶は入れないで下さい。

妹　この手紙なんて先週のことよ。（立上る）またお湯が発（た）ってしまうわ。

友達　お湯なんか勝手に発たしておけば好い。僕はもう濃い奴（やつ）を飲んだ気もちになってしまったんです。

妹　（反射的に手巾（ハンカチ）を出して口辺を拭（ふ）く）

友達　（性急に）そのまま。何て惜しいことをするんです。甘（あま）いほど好いんだ。

（『アップルパイの午後』『尾崎翠　ちくま日本文学００４』筑摩書房より）

このアップルパイとはたぶん、杏（あんず）ジャムがてりっと輝く、幾重（いくえ）にも層を成す折りパイにさくさくした大ぶりの林檎が包まれた、日本ならではの味なんだろう。口の悪い兄もちょっとスノッブなその友達も、少女の生意気さやまくしたてるようなおしゃべりに向き合い、対等に渡り合ってくれるところが好きだ。アップルパイはやっぱりただの軽やかなおやつであるべきだし、女の子は誰かのものになんてならず、のびのびと感性の翼を羽ばたかせるべきなのだ。

史上最悪のヒールが登場！

『女の勲章』

山崎豊子
【1924－2013】
新潮文庫

新刊の宣伝でテレビ出演が決まった。普段は毛玉つきセーターとすっぴんで過ごし、喫茶店と自宅とスーパーマーケットの往復で終わるさえない毎日なだけに、カーッと全身の細胞が覚醒（かくせい）した気分である。少しでも細く見えるダークトーンの服を青山に買いに走り、美容院でヘアメイクの予約、作家仲間をトルコ料理屋に集めての作戦会議。なんといっても一番大切なのはしゃべる内容だ。できるだけ編集でカットされず、なおかつ敵もつくらない、ウィットと知性に溢（あふ）れ、ほんのちょっぴりぶっとんでいる作家ならではの面白トーク。仕事そっちのけで練りに練って頭の中で台本を書いた。そして迎えた収録日、私はスタッフさんが失笑するほど、身体（からだ）中からかき集めたサービス精神を発揮したのだが……。

画面に映った私は、わりに大人しそうでぼんやりした三十代だった。それでも番組内で有名タレントさんが作品に触れてくれたおかげで、Amazon の順位は急激にアップ。テレビの宣伝効果を実感したのである。終わってみれば私なんかが張り切ったところで結果はそう大差ないとわかる。プロの手に委ねてどっかり構えていればよかったのだ。こういう宣伝活動をなんの気負いもなくさらりと普段着でこなせるような人に、私は本当に憧れる。ここ数日の私は明らかに自分を見失って、てんやわんやの大騒ぎ、別の何者かになろうとしていた……。

二〇一三年九月に亡くなった山崎豊子さん初期の傑作長編『女の勲章』は虚飾まみれのファッション業界の渦に巻き込まれるうち、次第に自分を見失っていくデザイナー、式子の物語だ。

三人の女弟子を従え、洋裁学校をオープンさせたばかりの式子は三十三歳、おっとりした船場育ちのお嬢様だ。封建的な商人だった両親に反発しているものの、母から受け継いだ紋章を学園のステンドグラスに活かすなど、その育ちに矜持を抱いている。そんな世間に疎い彼女に、経営マネージャーとしてまとわりつき、野心を植え付け、出世を手助けしていると見せかけて、すべてを奪っていくのがハンサムな切れ者にして史上最悪のヒール、銀四郎だ（映画「女の勲章」では、山崎作品実写版の常連、田宮二郎が演じている。眼鏡がセクシー!!)。

女の足の引っ張り合いと思いきや、容赦(ようしゃ)なく描かれるのはこの銀四郎によって惑わされていく彼女達の不幸なのである。だいたい「女はドロドロしていて怖い」という男性側の主張は、必ずなにかを隠蔽(いんぺい)する時に利用されるものだ。女性はドロドロというより、社会でわりをくわされ、自己責任で生きるしかない分、他人に感情を任せないだけだ。誰しも不満があれば自分なりのやり方でちゃんと伝えることができるから、環境になにか問題があると、ピリッとしたムードになるのが男性の集団よりも幾分早いだけだ。そもそも、雰囲気の良くない女の職場とはその組織の歪(ゆが)みが原因だったりするのだが、そうした決めつけのせいにされがちで、本質に気付けないまま状況がどんどん悪化するケースはよくある。銀四郎はこの「女は怖い」理論を最大限に悪用し、式子と弟子達を仲違(なかたが)いさせ、大阪弁によるたくみな誘惑でなんと全員と関係を持ち、チェスの駒として利用していく(たった一人だけ実に狡猾(こうかつ)にやり返すとんでもないダークホース娘がいるのだが、お楽しみのために名前は控えておく)。

「人間というものは、誰でも、何らかの形で自分を認められたいという欲望を持っていますよ、しかし、その認められ方が、少しでも間違っていたり、狂っていたりすると、その人の人生まで狂ってしまいますよ、つまり、名声や富を胸に一杯、勲章のようにぶら下げてみても、そのぶら下げようが間違っていると、何の意味も持ちませんからねえ」

（『女の勲章』新潮文庫より）

そう言って式子を厳しく諭してくれるのは、もの静かな大学教授、白石だ。パリで彼との穏やかな愛に目覚めた式子は、すべてを清算して生き直そうと決意。ついに銀四郎とまっこうから対決するのだが……。

ちやほや褒められるのが好き、見栄っ張りで贅沢好き。でも、自分を必要以上に良く見せようとやっきになると、案外としなくていい遠回りをして、一番大切なものが指の間からぼろぼろこぼれていくものである。式子の戦いの結末は、残酷なまでにそれを私達に突きつけるのだ。

『お嬢さん放浪記』

行動力に圧倒される海外見聞録

犬養道子
【1921−2017】
中公文庫

誰もがそうだと思うけれど、年のはじめはなにかと身辺が慌しい。片付けるべき雑事と約束と締め切りが山積みで、やってもやっても出口が見えない。しかし、町を歩けば心ときめくウィンドーディスプレイとイルミネーション。可愛らしいバレンタイン小物や小さなプレゼント探しについついかまけてしまい、気付くとなにも終わらないまま翌日に……。もっと目的意識を持ってストイックに道を切り開いてはいけないものだろうか。

そんな私でさえ、読むだけで大抵のことがうまくいくんじゃないかと希望が湧いてくる、元首相・犬養毅の孫娘・犬養道子さん著『お嬢さん放浪記』は、昭和二十三年から十年間アメリカやヨーロッパを歩き回った見聞録だ。若き日の犬養さんは物怖じしないし勇敢な女の子だけれど、野心まんまんのガツガツしたタイプではない。困っている人を見ると放ってはおけず、ボランティアには積極的だ。人の好意を素直に受け入れてまたたく間に異国になじんでしまう柔軟さは「お嬢さん」ならではの強み。でも、自分には厳しい。

> すでに戦時中から、私は自分が井の中の蛙のように実力も何もないくせに、足が大地についてもいないくせに、とかく自らをよしとする傾向のあるのに気づいておそろしかった。そして、自分と、自分の生活の革新ということが何をおいても第一に大切だと、若さの情熱からいちずに思いこんだ。
>
> (『お嬢さん放浪記』中公文庫より、以下同)

親のお金で遊び回る優雅な旅行記と思ったら大間違い。犬養さんは誰にも頼らず、自力で世界をこの目で見ようと決意する。まずは奨学金を利用してアメリカに渡り、ボストンで学生生活を送りながら旅費を貯めようと計画。しかし、渡米早々いきなり結核を患い、サナトリウムに入ることになってしまう。治療には何年もかかると医師は警告する。普通なら頭は真っ白。ここで絶望して、泣く泣く帰国するだろう。犬養さんは決して慌てたり悲観したりしない。冷静に状況を見据え、今できることを考える。

…ボストンで予想以上に程度の低い講義を聞いているよりは、ここで静かに本を読んだ方が、将来のためになるだろうということだった。

それに一年かかってでも何か手仕事を習いおぼえれば、あくせくと講演してまわるより、あるいはもっと能率的な金もうけも出来るはずだ、と思いついた。こんどはボストンの逆を行って、頭でなく手を使うのだ、こう考えたのである。

それで、最初の高熱がおさまって、サナトリウムの生活にも馴れて来ると、私は仕事をさがしにかかった。最初は人形でも造ろうかと思ったが、材料費があまり高くかかりそうなので断念した。

もとでがかからなくて、やさしくつくれて、しかも金になる手仕事、そんなものがあるだろうか、といろいろ考えた。

チャンスは突然、やってくる。見舞客の一人である海軍士官と親しくなった犬養さんは、彼がパラシュート係であると知ると、強くて丈夫なパラシュート用のナイロン糸を無料で譲り受ける。見切り発車でベルトを編み、口コミを利用して売り出しにかかる。暇を持て余している入院仲間らを従業員として雇って事業化し、なんと療養期間中に旅費を稼ぎだしてしまうのだ！

　孤独になりがちな留学生らのコミュニティをつくろうと奮闘する、フランス滞在中の「お城をもらった話」のエピソードも凄い。ＳＮＳがない時代にハガキと口コミだけでまたたく間にネットワークを構築してしまうのだから。コネをつかってお城を持つ富豪の息子と親しくなり、メンテナンスを条件にまんまとタダで借りる。宿を探している旅行中の大工さんのグループを見つけだし、彼らを宿泊させる代わりに修繕を頼む。同級生の実家を頼り、食料を調達する……。

　目標を決める、そこに至るまでの手段をいくつも考える、人と繋がることを怖がらず、相手の得意分野を見極めたら素直にお任せしてしまう。すっと頭は冷めているけれど、ハートは熱い。だからみんな犬養さんを好きになり、こぞって手を貸すのだろう。

　今年一年、パニックになったら犬養さんのこの言葉を自分に言い聞かせるとしよう……。

何事につけても、一番むつかしいところから片づけようとするのは、愚の骨頂である。

極道の娘が見た大正・昭和

『鬼龍院花子の生涯』

宮尾登美子
【1926－2014】
文春文庫

親族が次々に亡くなり喪中だったため、今年は年賀状が少なくさびしいお正月だった。こうも葬儀が続くと、普段はまったく気にしていなかった血の繋（つな）がりや因縁（いんねん）を感じる。日本中に散らばる親族が見えない糸で結ばれているみたいだ。同時に、自分の心に秘めたる生（お）い立ちへの反発にも驚かされるのである。そういったことをこれから先は、もっと強く意識する局面が訪れるのだろう。単にお雑煮を食べてテレビを観（み）るのんびりしたお休みにすぎなかったお正月の意味合いが少し変わってきた年始だった。

宮尾登美子『鬼龍院（きりゅういん）花子の生涯』は土佐（とさ）の大物極道・鬼龍院政五郎、通称鬼政（おにまさ）の家にもらわれてきた松恵の視点から大正から昭和にかけての一族の興亡を描く、和製「ゴッドファーザー」ともいえる大河小説だ。

五社英雄監督作品の夏目雅子の名台詞「なめたらいかんぜよ！」ですっかり有名になってしまったが、かっこいい姐さんヒロインが大暴れの痛快パワフルストーリーと思ったら大間違いである。なにしろ、鬼政ときたら「女の目は泣くためにあり、口は噤むためにある」と言って憚らず、妻や愛人へのＤＶは日常茶飯事、遅くに生まれた実の娘の花子は親バカ丸出しで甘やかすくせに、真面目な松恵にはろくな教育も授けてくれず女中のようにこき使い、年頃になると性的な虐待を行おうとするありさまだ。松恵に結婚を申し込みに来た男に激高し指を詰めさせる顚末も、父親らしい感情というよりは自分の所有物を奪われることへの恐れ、沽券への拘泥である。そのすべてが「ヤクザの世界のルール」の一言で片付けられ、美談にすら差し替えられてしまうのだから、松恵にはストレスと絶望しかない。

しかし、何度自立への望みを絶たれても、極道の娘と行く先々で後ろ指をさされても、松恵は地に足をつけて生きることをあきらめない。ある時は教師、ある時はお針子と、あの手この手で一人の力で生きようと試みる。周囲にどんなに反対されようと、生真面目な教師・恭介との恋も密やかに実らせていく。戦争ですべてを奪われてしまうが、中年になってから、ついにささやかながらも自分の城を手にする。主役は鬼政でもタイトルにある花子でもない。血なまぐさい世界にあって、知性と教養のバリアでおのれの領域を守ろうとする少女の孤独な闘いの物語なのである。

　松恵の生涯に、歓喜、慶事のたぐいはごく稀だが、あるとすればこのときの就職の喜びがその大きなものの一つに数えられると自分では思う。門閥もなく後援者もなく、たった一人女のやせ腕で世を漕ぎ抜き、まだ充分定まらぬ世相のなかで安定した職を得たうれしさ、しかも、恭介を失って生きるに難い思いのあとだけに、この安堵はいいつくせないほど深いものがあった。下宿も紺屋町の焼けのこりの布地問屋の二階二間を借り、ミカン箱に小切れを貼って小箪笥も作り、そこに恭介の骨を祀って夜な夜なそれに語りかけ乍ら飲む一杯の紅茶のおいしさ、これを最上の贅沢としてさきゆきなだらかに生きたいとしみじみ思うのであった。

（『鬼龍院花子の生涯』文春文庫より）

　花子の成長と反比例して鬼龍院家は次第に衰退し、まるで呪いに取り憑かれたような不幸ばかり起きる。最終的に残されたのは花子と松恵の二人だけ。自分に与えられないすべてを乱暴にむさぼって、ひたすら怠慢に生きた花子への嫉妬と怒りを乗り越え、松恵は義理の姉としてある行動を取る。侠客を忌み嫌い続けた松恵こそが、最終的には誰よりも義理人情を重んじ、誰の力も借りずに筋を通してしまうのが物語最大の読みどころだ。頼る相手のいないハードな人生であるにもかかわらず、すっと弱者に寄り添ってみせる。松恵と対照的に、ひたすら甘やかされ享楽と化粧品だけを与えられてきた花子の哀しい末路は、私くらいの年齢だと「女の子の教育」についても深く考えさせられるのだ。

　子分なんて一人もいなくても、日本刀を振り回したり、いなせに着物の襟を抜かなくても、いざとなったら我々はたった一人でも自分なりの筋を通せる生き物なのかもしれない。

自身の体験を反映した胸の熱くなる友情

『幻の朱い実』

（『石井桃子コレクション1』より）

石井桃子
【1907−2008】
岩波現代文庫

女友達とつまらぬことで言い争いをし、ちょっと気まずい関係に陥っている。まあるく満たされていた女だけの蜜月が、家族や仕事などの外的要因によって、たちまちゆがめられてしまうのは悲しいことである。完全に体ひとつで友情に没頭できていた時期はもう終わりつつあるのだなあ、と反省とともに苦く嚙みしめている。

『幻の朱い実』は、「くまのプーさん」「ピーターラビット」ほか海外児童文学の翻訳者としてだけではなく『ノンちゃん雲に乗る』などで優れた作家としても知られる石井桃子さんの、自身の体験を反映したとされる、胸の熱くなる友情物語だ。文壇のアイドルで自由奔放な美女・蕗子としっかり者のキャリアガール・明子が美しい烏瓜に引きよせられるようにして親しくなり、太平洋戦争目前の武蔵野を舞台に友情を育んでいく。しかし、蕗子は結核に冒されていてその命は長くない。少しでも彼女が豊かな時間を送れるように、と明子は心をくだくが……。
そもそも、「くまのプーさん」は石井さんの病弱な親友のために翻訳を急がれたものらしい。こんなエッセイが残されている。

その病人は、もう本も読めないくらいの容態で、お母さんが、一日すこしずつ読んであげなくてはならなかったとかいうことだった。そのわずかなあいだだけが、その人の苦痛を忘れる時間だった。そして、その人の最後のことばが、「プー……」だったと聞かされたとき、私の目の前に、死んだ友だちの顔が、いきなり、うかんできて、私はうろたえた。

（『プーと私』河出書房新社より）

『幻の朱い実』にも、プーさんを思わせる児童文学を明子がせっせと翻訳し、蕗子を喜ばせる場面が登場する。二人が手芸や料理を楽しんだり、アルバイトをしてはバカンスに出かける描写は生き生きとし、女の子が最高の親友を手にした時の万能感と高揚感に満ち溢れている。世界がぐんぐんと広がっていき、くすくすおしゃべりするだけで体の中で良い細胞が増えていく感じ、互いの長所や才能が日々発見されて、この先怖いものなどなにもないような……。個人的にも覚えのある感情が行間から熱っぽく伝わってくる。

なぜ蕗子のそばにいると、人生を組みたてているすべてのことが、何の抵抗もなく、すらすらと動きだしてしまうのだろう。なぜ互いにぴんぴん反応しあい、それがたのしいことに思えてしまうのだろう。

(『幻の朱い実』岩波現代文庫より、以下同)

二人の蜜月は明子の結婚によってあっけなく終わる。結核を患う蕗子との交流を、夫の節夫はよしとしない。自由を奪われ、家事に追われるうちに明子は体を壊してしまう。この節夫が決して頭ごなしの男尊女卑者ではなく、行き届かないなりに明子を守ろうとし、蕗子との絆の強さに負けていることは認めつつ、少しでも存在をアピールしようと、もがくのがやりきれない。どんなに節夫が頑張ろうとも、女の子の濃い時間にとっては社会の代表である彼は障害でしかなく、完全に敗者としてつまはじきにされたままで、蕗子はこの世界から去っていく。

蕗子を知ってから、三年と約三カ月だった。そのうち、節夫と暮した一年を除いては、心から親しめる者としては、蕗子ひとりだった。この世の中にぽつんと生れてきた人間が、もう一人の人間に持てる恐らく一ばんいいもの、利害に関係のない愛情。明子は、蕗子と別れるときが来たら、そして、何者かが、ただひと言、あの世へみやげに持たしてやるといったら、「愛している」という、日本語としてはなじめない言葉をいうしかないと思っていた。

物語の後半では、晩年、明子が若くして亡くなった親友のもう一つの人生を探り、過去を辿る様が描かれる。蕗子の知られざる一面に明子はショックを受けることになるが、それでも烏瓜を見つめて過ごした時間を信じようとする。大好きな友達とたわいもないことで盛り上がる楽しい日々。しかし、実は見ているのはごく上澄み部分にすぎないのかもしれない。環境が変われば、いずれ終わってしまうものなのかもしれない。だからこそ、今ある一瞬一瞬を目に焼き付け、できる限り大切に守っていかなくてはと思うのだ。

新学期のきらめきが思い出に変わる時

『二十四の瞳』

壺井 栄
【1899－1967】
新潮文庫

自由業をしていて、一番損をしている気分になるのは年度の変わり目である。学生、会社員時代を通してなによりも高揚感を覚えたのは、三月の卒業・送別会シーズンからクラスや配属先の変わるまでの、あの怒濤(どとう)の数週間なのだ。デスクも文房具もメンバーも自動的に一新され、日々押し流されるようにして様々なルールや人間関係の仕組みが身についていく。のっぺりとどこまでも続く一人作業の身からするとなんともうらやましい、物語が始まるにふさわしい空気‼　せめてもの慰めにと、文具店で卒業・新生活応援コーナーを見て回ったり（最近では色紙コーナーが実に面白い。以前は無地のものしかなかったのに、最近はそれぞれコメントする部分があらかじめ区切られていたり、花や木に見立てたものなどデザイン性の高

いものが多くて、使うあてはなくても買ってみたくなる)、カラオケでは隣のブースで熱唱されている卒業ソングに耳をすませたり、近所の高校へと向かう緊張した顔つきの真新しい制服姿の少女を見つめることで埋め合わせている。

このタイトルを知らない日本人はおそらくいないだろう、壺井栄作『二十四の瞳』の始まりは、そんな新学期のときめきと希望に満ちて、まるで春の海のごとくきらきらと輝いている。昭和初期、小豆島の小さな村の小学校に、一人の若い女性、大石先生がやってくる。教育熱心で活発、ぱりっとした白いブラウス姿に当時はまだ珍しい自転車でさっそうとやってくる彼女は皆の注目のまと。村の大人たちにとっては驚異でありセンセーショナルな存在だが、子供たちにとっては新しい世界の象徴だ。

この、今日はじめて一つの数から教えこまれようとしている小さな子どもが、学校から帰ればすぐに子守りになり、麦搗きを手つだわされ、網曳きにゆくというのだ。働くことしか目的がないようなこの寒村の子どもたちと、どのようにしてつながってゆくかを思うとき、一本松をながめて涙ぐんだ感傷は、恥ずかしさでしか考えられない。今日はじめて教壇に立った大石先生の心に、今日はじめて集団生活につながった十二人の一年生の瞳（ひとみ）は、それぞれの個性にかがやいてことさら印象ぶかくうつったのである。

この瞳を、どうしてにごしてよいものか！

（『二十四の瞳』新潮文庫より、以下同）

周囲の偏見に負けまいと張り切るも、生徒たちの掘った落とし穴に落ちて足をくじいてしまう大石先生。学校を休むことになる彼女の実家に、寂しくなった十二名の生徒たちは八キロも歩いて訪ねてくる。この時、まったく反省もしていないし謝らない上、単に会いたくなったからのこのこやってくるのがいかにも子供なのだが、先生を見つけた瞬間のはしゃぎっぷりは、大石先生でなくても思わず頬（ほお）がほころぶ可愛（かわい）らしさだ。この日、村の名物である一本松の前で生徒たちと大石先生は記念撮影をする。月日は流れ、五年生になった生徒らの担任を再び受け持つが、すでに戦争の影が忍び寄り、それぞれの進路は必ずしも、希望通りのものとはいえなかった。

終戦を迎え、大石先生は夫と子供を亡くす。十二名の生徒のうち、三人が戦死、一人が失明、一人が病死、一人が消息がわからなくなる。

いっさいの人間らしさを犠牲にして人びとは生き、そして死んでいった。おどろきに見はった目はなかなかに閉じられず、閉じればまなじりを流れてやまぬ涙をかくして、何ものかに追いまわされているような毎日だった。

柔らかい文体の中に作者の激しい憤り(いきどお)が滲み(にじ)、家族だけではなく生徒までをも失った大石先生の悲しみが迫る。思い出の一本松の下で生き残った生徒らと昔を懐かしむ場面では、それぞれの胸にあの新学期のきらめきがよりいっそうまぶしく蘇る(よみがえ)のだ。

いつか思い出に変わることがあらかじめわかっているから、新年度はあんなにも輝いていて、そして切ないのかもしれないと気付かされる一冊だ。

原罪と「ゆるし」の大切さがわかる

『氷点』

三浦綾子
【1922−99】
角川文庫

つい先日、あまりにも腹が立ち、どんな手を使ってでも相手に謝らせたいと思うことがあった。しかし、いざ顔をあわせたら何故(なぜ)かどうでもよくなってしまい、なあなあのまま元の関係に戻りつつある。断っておくが、私の心が急に広くなったのではない。本能的な自己防衛だったのだろう。季節の変わり目で体調がすぐれず腰が痛かったし、怒っているのに疲れていたし、自分も周囲も緊張させたくなかった。ゆるすことはなによりも自分を救うのかもしれない、と私は生まれて初めて身をもってさとった。怒りと恨みのエネルギーが心身を疲弊させることといったらない。

「悪いことをしたら自分に返ってくる」「うちはうち、よそはよそ」「言いたい人には言わせておけばいい」……。少女時代、さんざん親や教師に言われては聞き流してきたフレーズが最近やけに腑に落ちるようになっている。無敵の子供時代にはピンとこなかったのだが、あらゆるバリエーションの失敗を繰り返してきた今、やっぱりシンプルながら普遍的な処世術なんだなとわかる。女子校時代、朝の礼拝で毎日のように耳にしてきた「汝の敵を愛せよ」もその一つ。敵を愛するのはあまりにも難しいとしても、せめて状況や心情を理解してみることで、楽になるのは実はこちらなのだ。相手への怒りが減った分、心のキャパシティーが増えるのかもしれない。

原罪とゆるしについて描ききった三浦綾子作『氷点』を読み返し、十代で読んだのとはまったく違った印象を受けた。あまりにも有名な物語だから説明は不要かもしれないが、人格者の医師・啓造と美貌の妻・夏枝の間に生まれた娘・ルリ子は、夏枝が若い医師・村井にときめいているわずかな間に殺される。夏枝をどうしてもゆるせない啓造は、犯人の娘を引き取り、そうとは知らせずに夏枝に育てさせる。美しく成長したその娘・陽子の出生の秘密を知った時、優しい母だった夏枝は豹変。ルリ子の敵としていびるだけではなく、女としても張り合うように……。

十代の頃は、なんの落ち度もないのにひたすらいじめられ、それでも純粋な心を失わない陽子にエールを送り、利己的な大人達を憎んだものだが、三十代になった今、善悪をめまぐるしく行き来する啓造と夏枝の緻密な心理描写にのめり込んだ。

夏枝は決して悪い人間ではなく、家族を愛している。なにがなんでも不倫したいわけではない。単に「モテたい」だけである。自分は無傷のまま、できるだけちやほやされて、恋愛の一番美味しいうわずみだけなめていたいのだ。この夏枝の若さや異性へのぼんやりした執着は、わかる部分もあるだけに相当恥ずかしい。

夏枝は村井に心をひかれはした。しかし、いま考えてみると、どうしても村井でなければならないということはなかった。他の男性でもよかったのかも知れない。夫以外の男性が、家の中にとじこもり勝ちな夏枝には、目新しく刺激的であったのかも知れなかった。もし、高木にいいよられれば、高木でもよかったかも知れなかった。

啓造との生活にいくぶん退屈していたとはいえ、他の男のもとに走ろうとするほど、夏枝は積極的ではなかった。ちょっとした自分の身ぶりそぶりに、男が情熱を示してくるのが面白かったのかもしれなかった。

（『氷点』角川文庫より、以下同）

一方、すべての元凶である啓造なのだが、決して周囲の心情を無視しているわけではなく、日々ムチ打つごとく手厳しく自己分析している。

（もし他人が、おれのように妻の不貞を憎んで、陽子を妻に育てさせたときいたなら、おれはその男を罵倒するだろう。第一、おれ自身がもし一夜の浮気をしたとしても、おれは決して自分を怒りはしない。それなのに妻の浮気は絶対ゆるせないのだ。一体これはどういうことなのだろう。人がやって悪いことは、自分がやっても悪いはずだ）

人のことなら、返事の悪いことでも、あいさつの悪いことでも腹が立つくせに、なぜ自分のことなら許せるのだろう、と啓造は人間というものの自己中心なのにおどろいた。

潔癖な十代の頃、ぴしゃりと払いのけたくなっていた両親サイドの心情に今では寄り添える。きっと私はあの頃よりいろんな部分が汚れている。けれど、その分「ゆるし」の大切さもわかるようになったのかもしれない。

心のおもむくままに生きることの難しさ

『午後の踊り子』

(『鴨居羊子コレクション3 カモイ・ヴァラエティ』より)

鴨居羊子
【1925−91】
国書刊行会

緑のまぶしい季節は、外を歩くのが楽しくて仕方がない。そうなると、なにかを新しく身につけたい気持ちがむくむく湧(わ)いてくる。周囲の友人もアルゼンチンタンゴを始めたり、学校に行き始めたりとなにやら華やいでいる。社会人になりたての頃、会社の三十代の先輩達が、私の何倍も働いているにもかかわらず、退社後は習い事に精を出しているのを見て、どうしてあんなに元気なんだろう、と首を傾(かし)げていたが、今ならわかる。新しくなにかを学ぶと、気持ちも体もほんの少し若返るのだ。先輩達は会社を飛び出して、お料理教室やダンススクールに向かいながら、どんどん職場での顔を脱ぎ捨てて生き生きした少女に戻っていったのだろう。しかしながら、私はあの先輩達のように時間の使い方が上手(うま)くないし、三日坊主で集中力

もない。仕事の合間を縫って、予習・復習・練習するような器用さは、今のスカスカの私にあるのだろうか？

下着といえば白が当たり前の戦後日本に、カラフルで斬新なデザインを送り出した鴨居羊子さん（大阪に遊びに行くたびに、梅田の阪急三番街の鴨居さんのブランド「チュニック」で遊び心溢れるポーチや下着を買うのを楽しみにしている）。作家としても知られる彼女のフラメンコ修業の日々を綴った『午後の踊り子』は、こんなうきうきするような描写から始まる。

土曜日のお勤めは二時半まで。次が日曜日だと思うと午後の陽ざしまで、ゆったりと長目にのびて、普通の日とは時間の内容も異なった様相を呈してくる。

私は二時半のブザーが鳴るやいなや、バッグともう一つ、レッスン着をつめこんだ大袋をひっさげて、オフィスを大あわてでとびだし斜めに走り出す。つまり斜め二筋向こうにフラメンコの練習場がある。

オフィスをとびだしたとたんに私は下着会社の社長ではなく、カミシモを脱いでアッパッパを着た女の子になる。私は踊り子だ。まるで女学生のように身が軽く、その前途がどうなるやも判らぬ危なげな斜めのよろよろ歩きで、胸をふくらませてとんでゆく。

（『鴨居羊子コレクション3　カモイ・ヴァラエティ』国書刊行会より、以下同）

デザイナー、作家、社長、画家、そしてダンサー……。いくつもの顔を持ち、多趣味で旅好き。そう聞くと、さも自信に満ちたアクティブな女性のように聞こえるが、鴨居さんはどうやらシステマチックにどんどんスケジュールをこなすタイプではなさそう。好奇心のままにふわふわ行動する彼女は、よく失敗するし、思うように練習が進まずにしょげてしまう。

私はたった一人でもいい、誰かに、何かを伝え、絶妙なる自信をもって手本を示してやることができるだろうか。

ナニモナイ、ナニモナイ……

鴨居さんのそれは自虐というより、本気で周囲の人に憧れ、まぶしく思うがゆえに起きてしまう、自然な心の落ち込みだ。はたから見たらささいな挫折に、少女のように傷つき悩むこともある。瑞々しい気持ちをいつまでも保つということは、自信満々ではいられないということなのかもしれない。明るいエネルギーの源のように思える鴨居さんの文章に、時折とても切なくもろい部分もあることにどきりとする。旅先で友達に便利遣いされて憤慨したり、体を壊しては途方にくれる。それでも鴨居さんは、自分には「羽」があるから大丈夫、と明るく締めくくる。

> 背中から生えた羽は、こうして私をいろんなところへ遊びにつれていってくれる。
>
> （中略）
>
> 羽は私勝手の遊び専用羽だし、無用の用だから、落っこちても誰も助けてくれない。だから、私はいつも痛めた羽はツバをつけてなめて手入れをよくして可愛がってやる。そしてまた新しい遊びの旅をつづける。

探究心や興味の「羽」を広げて心のおもむくままに、クヨクヨするのも当たり前と受け止められればきっと習い事は怖くない。三日坊主なんて恐れずに、私もなにか新しいことを身につけてみようと思うのだ。

人を恨まないように心を保つ
『ヌマ叔母さん』

野溝七生子
【1897−1987】
深夜叢書社

ハリウッドに観光に出かけた。からりと乾いた温暖な気候は紫外線がきつくて肌や髪は相当傷むものの、慣れると思いのほか過ごしやすい。硬い水がすいすい体に入ってゆく。思考までドライで合理的になるのが、わかる気がした。ドラマ作りの現場を見てきたのだが、人手も土地も溢れんばかり。一つの映画のために町一つを平気で作ってしまう思いきりの良さがある。どの国よりもスケールが大きく、エキサイティングな作品が生み出せるのはこの環境と資本あってこそなのだ。そして、チャイニーズシアター前でさるスターに遭遇した。どん底から這い上がった大人気女優である。暗い過去をはねとばすように、本物の彼女は気さくで陽気で出し惜しみのない、ひまわりみたいな女性だった。

日本に帰国し、飛行機を降りた瞬間、現実に引き戻されるかのようにどっと体が重くなった。視界が塞がれ、鼻孔が詰まって息苦しい気がする。我が国の湿度と空間の狭さをまざまざと実感したのだ。日本人は心優しくきめ細やかな分、人と自分の差に敏感で、つい比較しては落ち込んでしまう。まことに単純な考え方ではあるのだが、それは土地の密度と気候が影響している部分も大いにあるなあ、と思った。

　ただでさえ、私たちは大きな流れに巻き込まれがちだ。人物に限らず、本でも映画でも、誰かの批評を聞いて、なんとなくわかった気になってしまうことも多々ある。その場の空気に流され、判断を見誤ることもしばしばだ。自分の目で見て感じることの大切さ、そして周りの空気に呑まれない強さを野溝七生子作『ヌマ叔母さん』は教えてくれる。

　エゴイスティックな母によってピアノを叩き込まれているお嬢様の鳰子は、幼い頃から親戚のヌマ叔母さんに関する悪い噂を耳にしていて、彼女に嫌悪感を抱いている(なんでヌマ叔母さんが家族間でこうも憎まれているのか、最後まで理由がわからないところがこの物語の怖さでもある。本当に、なんとなく、好いてはいけない空気になっているだけなのだ)。

母のバックアップのもと、高慢で競争意識の強い娘に育ち、立派な家へと嫁ぐ鳰子だが、戦争が終わるとともに夫に捨てられ子供と一緒に実家に戻ることになる。一族は没落、男手は消え、猜疑心に満ちた女ばかりとなった家族のもとに、長い間外国に住んでいたヌマ叔母さんがトランクを片手にひょっこり現れる。幼い頃からあらぬ噂を立てられ一族のはぐれ者扱いだった彼女だが、今や一番多くの遺産を手にしているのだ。誰もが彼女のトランクに目を光らせるが……。少女っぽくふわふわとした印象を与える彼女に怖がらずに近寄ってゆくのは子供ばかりである。

しかし、グロテスクな噂にまみれたヌマ叔母さんの正体は「平凡な優しい女の人」なのだ。自分達の過ちに気がついた叔母の一人がとうとう、声を上げげる。

「そら御覧なさい、どなたもヌマ叔母さんを理解しようともなさらないのですわ。私達が勝手に描いたり塗りつぶしたりしてしまったヌマ叔母さんのほかに、もう一人別のヌマ叔母さんなんか、お姉様方にはどうだつていいんでせう、あの方の眞珠のほかにはね。…」

（『ヌマ叔母さん』深夜叢書社より、以下同）

「…誰か誰か、今日、私達日本人の誰か一人でもが、毎日十分の空氣を樂に呼吸出來る人がゐますか。私達大人は、夫は失つても、子供は失つても、兄弟は失つても、何だつてまだ顔中お化粧で塗りつぶして、その上お假面をかぶつて、威嚴をつくろつてゐなくてはならないんでせう、窒息するのは當り前ですわ…」

悪者一人をつくることで、場が円滑にまわり、秩序が上手く保たれる様は、身に覚えがあるだけに恐ろしくもあり、深く納得もする。それはそのまま戦時中の空気でもあり、現在の日本の閉塞感そのものかもしれない。

誰をも恨むことなく、自分のやり方で一族を救い、静かに去ってゆくヌマ叔母さん。鳰子に与えられた許しは彼女の凍り付いた心を優しくとかしていくだろう。人を恨まないでいることはとても難しい。でも、できるだけ恨まないように心を保つことで己のイノセンスは確実に守られるのだ。

危い均衡の三角関係が破綻する

『夏の終り』

瀬戸内寂聴
【1922−】
新潮文庫

女の作家たるものできるだけたくさんの恋愛をして、男女のドロドロのその果てまでしっかり見てこい！　という意見にはたびたび遭遇する。さらに酔っぱらった鬼編集者に「女の作家は幸せになったらおしまいだ」と言われたりもする。

なんだそれ一種のモラハラじゃん、と正直うっとうしくもある。穏やかな日常を維持しつつ名作を生み出す作家なんていくらでもいるし、だいたい、そんな大変な目に遭うくらいなら家で夫とコンビニの新作チョコレートでも食べながら昔の角川映画のDVD（「あまちゃん」以来、薬師丸ひろ子のアイドル時代の作品にハマっている）でも観ている方がずっといいわ、という気になる。しかし、一方では、己（おのれ）の懊悩（おうのう）をさらけ出すタイプの大傑作を読んで、うなることがあるのも、また事実なのである。

まさにそうしたジャンルの代表的名作である瀬戸内寂聴（じゃくちょう）『夏の終り』で描かれるのは不倫のめくるめく愉悦（ゆえつ）ではなく、むつみあった男女が別れることの大変さ、だ。

染色家の知子は佐山という夫を裏切ったことから離婚。今は妻子ある売れない作家の慎吾と年下の涼太（りょうた）の間を行ったり来たりしている。苦（にが）みばしった経験豊富なナイスミドルと若くて一途（いちず）なイケメン！　両方から愛されるなんて最高に羨（うらや）ましい、とならないのがこの物語の面白いところだ。二股（ふたまた）や不倫につきものの「うっとり」感はあんまり出てこないし、男達からのとろけるような賛辞も描かれていない。どうにも男達はだらしなく、頑張ってしゃかりきに二重生活をまわしているのは知子一人。慎吾の妻のことも気にかけ、彼女への罪悪感のあまり突拍子もない行動にも出てしまう。思い切ったことをした後は必ず後悔と羞恥（しゅうち）でのたうち回り、それでも止まることができない。とにかく日々、言い聞かせるように男と手を切ろう、切ろうとするのだがどつぼにハマっていく様は、つい同情さえ感じてしまう。運命の誰かと出会うことより、もはや互いに体の一部となった相手と別れる方がはるかに難しいのだ。

無鉄砲で衝動的な知子は、いつでも小さな体内に活力があふれていて、生命力の萎えた、人間の分量が足りないように見える男に出逢うと、無意識のうちに、その男の昏い空洞を充たそうと、知子の活力はそこへむかってなだれこみたがる。いつでも知子の牽かれる男や愛の対象になる相手は、生活も華やいでいず、萎えたような運命に無気力に漂っている敗残者とか脱落者とかにかぎられていた。それは知子の愛の宿命というよりも、佐山の妻の座をなげうった瞬間から、知子が背負わなければならなくなった十字架かもしれなかった。

（『夏の終り』新潮文庫より、以下同）

危うい均衡で保たれていた三角関係はとうとう破綻。そうなると悪者にされるのは必ず女。涼太にまで「あなたたちくらい不潔で卑怯な関係はない」と罵倒されてしまう。

どうひいき目に見ても知子の女の命はすでに凋落の季節に足をふみいれているとしか思われない。この醜いじぶんの中に六つ歳下の涼太をひきつけるなにがあっただろうか。

自嘲(じちょう)をこめ、歯のぬけおちた顔を想像して、知子は頬を吸いこみ、ひひと、笑い声をおし出してみた。

のろのろと立ち上り、もう来ることもない部屋をみまわし、ドアを押した。

自分の醜(みにく)さずるさから逃げることなく、一番汚い部分をこじあけてとことんまで向き合う。愚直なまでに美化しない。自分のこんな面を目にしたら、普通なら到底生きてはいけないという場面まで身を乗り出して直視する。

女の作家が、恋愛しなければならない、とどういうわけかよく言われるのは、それが心の体力を激しく使うからに間違いはない。つまりは、日頃からあらゆる感情のバリエーションを経験して刻み付ければよし、ということなのだろう。知子ほどの覚悟はないけれど、私も自分のちょっとした心の動きや卑怯さからできるだけ目を逸(そ)らさないよう、美化しないよう、意識していきたいと思うのだ。

『花物語』

少女小説の神様が描き出した容赦ない世界

吉屋信子
【1896－1973】
河出文庫

「アナと雪の女王」「思い出のマーニー」……。少女二人の絆を描いた映画が話題を呼んでいる。図々（ずうずう）しいのは百も承知だが、私はデビュー以来、そんな味わいの作品ばかり書き続けている、というよりほぼそれしか書けない。「少女時代が人生で一番楽しかったんですか？」とよく聞かれるが、そういうわけでもない。

大人になる手前の女の子同士の関係というのは、出口も未来も見えない。まず、自由になるお金がほとんどないから、レジャーやお酒でなんとなくいい雰囲気に持っていくことが不可能だ。その場その場の感情によって関係性が決まっていくもので、まったくもって嘘（うそ）が通用しない。それゆえ切ない結果を生むことも多々あるし、疲れもするが、損得抜きで互いの美意識や誠実さを突き詰めていける貴重な時間である。ピンと張り詰めて今にも切れそうな真剣な空気、言ってみれば「余裕のなさ」に、私は惹かれてやまないのだと思う。

花にちなんだ五十二の短編からなる『花物語』は少女小説界の神様・吉屋信子を一躍スターにした作品として有名だ。主に寄宿舎を舞台にした麗しい少女達の情熱的な友情が、お花の香りでむせかえるような文体で描き出される。そんな花園の中であっても、友達を繋ぎとめようとしたり、行き場をなくした思いを爆発させようとする様子はやっぱり余裕がなくて、みっともないくらい必死なのである。さらに、生まれついての優れた少女ばかりをひいきするのではなく、自信がなかったり、さえない女の子にも輝きを見出してくれるのが、神様たるゆえんだ。

けっして美女とは呼び得ぬ真澄の姿――けれども真澄の顔も姿も皆真澄自身の持っているものを、明らかに強く示していた。

（中略）

もうそこには、単なる美とか否とかいう問題を、より高く越えて立派に真澄は生きる少女だった。

（『花物語』河出文庫より、以下同）

憧(あこが)れの同級生に好意をむげにされた目立たない少女が、ふとした瞬間、プライドを見出し花開いたりもする。自分の足で立つ少女に作者はどこまでも温かい。

その時でした。人の足下(そくか)に踏みにじられる細い山路のほとりの叢(くさむら)にふと見出でた、ひとむらのうす紫の小さい花——地に低くうつむきて咲く身のかなしさ人目にもふれでいたずらに情(つれ)なくふまれゆくのみ——けれども花は可憐(かれん)に深山路(みやまじ)の秋を飾るその幸いを心から謝すごとくにいじらしく微笑(ほほえ)んで咲いているのです——私の瞳がその花の上に向いた時、私の怒りも悲しみも恥も、不思議にすうと消えていったのです、（中略）私はその一群の野の花によって己れの心の辿る路を見出しそれによって神に一歩近くなったのではないでしょうか。私は新たなる勇気と心の信仰を抱いて旧道を横切って、再びもとの友の群の中に立ち帰りました。

当時の女学生を夢中にさせたのも納得で、多くの結末がロマンチックなくらい悲劇的だ。死別も多いが、自然に発生した友情の終わりがやけにリアルで痛々しい。女子校時代は輝いていた伝説の先輩が結婚によりその光を奪われる。久しぶりに仲良しに会ってみたら、かつてのような親密な空気が消えている——。誰にでも経験がありそうな少女時代の終わりが鮮明に描かれる。

——ああ何も知らなかった——いつまでも昔の夢の少女の日をそのまま永久に続くものと信じて、はかない望みを持ちつつ、今日まであんなに多美子を恋い慕い——憧れていた哀れな自分は——もう自分への友情などは、今の多美子の胸の中にはあまりに影うすいものなのだ——それが人生の進みゆく路の真実なのかも知れない——礼子のつい、さっきまで抱いていた、多美子との麗しい昔の少女の愛情への光りも力も、その瞬間地に落ちて美事に砕け去ったのだ!

いつの間にか人間関係にやけにスマートになってしまった。引き際を見極めるようになったし、相手を追い詰めない言葉選びや、場が盛り上がりそうな店選びばかり上手(うま)くなる。私が少女小説を好んで描くのは、どこかでそんな自分を戒(いまし)めたいからなのかもしれない。

『女坂』

のっけから、とんでもないシーン

円地文子
【1905−86】
新潮文庫

今年（二〇一四年）の夏、三十三歳になったのだが、ここ最近いくつかの事件を経て、どうやら私は年齢に比して異常に幼いらしいということにようやく気付いた。試しにネットで精神年齢診断をしたところ「十二歳」であると判明した。十二歳……。それくらいの子供がいてもまったくおかしくない年齢である。つまりは人生の半分くらいは眠って過ごしてしまったと言っても過言ではない。八月の末（現在）にして、膨大な宿題のやり残しに気付いて血の気が引く気分だ。

ドキドキしながら私のどこが子供か家族や友人に聞いてみたところ、行動うんぬんというよりは「考えていることが顔に出る」「感情がだだもれである」という。そういえば昔から、必死で退屈をこらえていると「今、飽きてるでしょう」とたしなめられることが多々あった。この欠点ばかりは、こういうキャラなんで、と開き直れそうにない。だって、世間はしきりに、ありのままの自分を見せて、嘘つかず心を開いて、とキャンペーンするが、どんな人だって身体の中では様々な感情がうずまいているに違いないのだ。「顔に出さない」という人は感情がない冷血漢なのではなく、たぶん「周囲のために顔に出さない」という節度と客観性でおのれを律しているのかも。私はやっぱり蛇口が壊れていて、いろいろ甘えているのだろう。

出世街道ばく進中の地方官史・白川の妻・倫は、夫の命令で愛人にふさわしい娘を探すために上京し、芸者街を訪ね歩く。のっけから、とんでもないシーンで始まるのは円地文子『女坂』だが、倫のストレスはまだまだ入り口だ。白川ときたら愛人を同居させるどころか、女中や息子の嫁にまで手を出す始末。もう、間違っているところが多すぎてどこから注意していいかわからない（しかしながら、夫の立場になって、手垢のついていない美少女をピックアップしなければならない倫の視線は、これまでどんな物語でも読んでこなかった種類のもので、ぐいぐい引き込まれるのも事実である）！　しかし、倫は嫉妬や悲しみを決して顔には出さないのである。感情が見えず完璧主義者である倫は愛されにくい。心を許したり、胸のうちをわかってくれようとする人物は物語の中で一度も出てこない。倫の願いは、何事もつつがなくやり通し、そして憎き夫より一日でも長生きすることだけ。女性が自活する手段が限られていて、家を守ることがよしとされていた明治初期、それは一人の女にできる精一杯の夫への反発であり、プライドをかけた闘いなのだ。

倫は、傘をさした手が雪に凍えて重く、一足一足ぬくようにして歩いてゆく登りが何としても大儀なので、幾度も途中で足をとめて深い呼吸をした。佇む度に眼の前にある小さい家々のそれが仕舞屋だったり、八百屋だったり、荒物屋だったりしながら同じような杏子色の電灯の光は無限に明るく、総菜の匂いは何とも言えぬ濃かな暖かさを嗅覚にうったえて来て、倫の心を揺ぶった。幸福が……調和のある小さい、可愛らしい幸福が必ずこの家々の狭い部屋の燭光の弱い電灯のもとにあるように倫には思われた。小さな幸福、つつましい調和……結局人間が力限り根限り、呼び、狂い、泣きわめいて求めるものはこれ以上の何ものであろうか。

（『女坂』新潮文庫より、以下同）

老人になった倫は人生を振り返りながら、「言わば人工的な生き方」と自己批判する。そうせざるを得なかったのはまったくもって倫のせいではないのに……。最後の最後に彼女が求めたものは、家や夫から解き放たれて、一人の女性として永遠の自由を得ることだった。遺言として彼女はこうつぶやき、周囲をぎょっとさせる。

「…海へ私の身体を、ざんぶり捨てて下さいって……ざんぶりと……」

倫の生きた時代より多少はマシになったとはいえ、感情を堪えなければどうしても生きていけない女性は今もいるし、これまで気付かなかっただけできっと私の周囲にも大勢いるだろう。サインは必ずあるはずだ。精神年齢はこの通り子供だけれど、せめて少しずつ周りの人間の心の襞をわかっていけるようになりたいと思うのだ。

English

イギリス文学篇

十九世紀に生まれた元祖ラブコメディ

『高慢と偏見』

ジェイン・オースティン
【1775－1817】
河出文庫

私は王道のラブコメディが大好きだ。ヒロインは勝ち気でちょっと不器用な女の子。会えば喧嘩（けんか）ばかりの憎らしいアイツ、しかし、本当は誰よりもヒロインのことを想っていて、まさかの告白‼　なかなか素直になれないがゆえ、恋の行方（ゆくえ）は二転三転、だけど最後は誰もが拍手する大ハッピーエンド。百万回見たような内容なのに、繰り返し同じ展開を求めてしまうのは何故（なぜ）だろう。着地点のわかっている「惚（ほ）れたはれたのドタバタ」、一般受けしない主人公が恋によって全肯定されてしまう「お砂糖」が、ＤＮＡレベルで我々には必要なのではないだろうか？

十九世紀に生まれたものとは思えないラブコメの原型『高慢と偏見』。作者のジェイン・オースティンは生涯、静かなイギリスの田園に暮らし寡作（かさく）で知られるが、そんな人間の本質をよく理解していたのだと思う。貧乏なベネット家の五姉妹の次女、エリザベスは小生意気で口が達者、見る人によっては「不美人」とされてしまう個性派女子だ。お父様は頼りにならず、お母様は娘達をいかにいい家に嫁がせて、一発逆転をするかで頭がいっぱい。エリザベスの友人シャーロットはエリザベスがフッた男、嫌われ者のコリンズと結婚を決めるが、そこに至る心情は、当時の一般的な結婚観をものがたっている。

彼女の感想は、大体のところ満ちたりたものだった。たしかに、彼は賢くもないし感じのいい男でもない。いっしょにいるとうんざりするし、自分にたいする彼の愛情も、想像の上でのものにちがいない。それでもやはり、彼は自分の夫になるのだ。――男性とか夫婦関係とかということをあまり問題にしないでの、結婚ということが、つねに自分の目的だったのだ。高い教育をうけた財産の少ない若い女性には、結婚は唯一の光栄ある対策であり、幸福をあたえることがどんなに不確実でも、貧窮からのもっとも気楽な防衛の道である。この防衛の道を、自分はやっといま手に入れたのだ。

（『高慢と偏見』阿部知二訳、河出文庫より、以下同）

そんな時代、異性に媚びず、家族のために奔走して自分のことを後回しにするエリザベスは、無条件で好感の持てるキャラクターだろう。大好きな姉ジェインとビングリー氏の恋を実らせようとはりきるエリザベスにとって、なにかと邪魔をしてくるビングリー氏の友人、評判の悪いシニカルな富豪ダーシー氏は目の上のたんこぶだ。そんな彼に突然、愛の告白をされたエリザベスは、カンカンに怒って撃退してしまう。が、ほんのりと嬉しい気持ちは押し殺せないのがいかにも初心な乙女である。

> 彼女の心の乱れは、いまは痛ましいまでに大きかった。自分をどう支えたらいいのかもわからず、現実に体が弱っていたため、腰をおろして、三十分ほど泣いた。先ほど起ったことを振りかえりながら、彼女のおどろきは、考えれば考えるほど大きくなっていった。ダーシー氏から結婚を申し込まれるなんて！　何カ月もの間、自分を愛していたなんて！（中略）知らず知らずにそれほど強い愛情を起させたことは、うれしいのである。

相当な暴言を吐(は)かれたにもかかわらず、ダーシーはなおも、エリザベスへの求愛をやめないのだ。熱烈なラブレターを送り、言葉足らずゆえに誤解されがちな言動を次第に改め、ベネット家のために力を尽くす。そして、すべてはエリザベスの誤解であったことがゆるやかに判明する。つんけんした敵役(かたきやく)から理想の恋人へ変わっていくダーシーは、読者の期待に応(こた)えつつ予想を上回り続ける。まるで、よくできたパフェを食べているようなうっとりを味わえるのだ。相性だ、ときめきだ、なんていっていられない、結婚イコールビジネスの時代だからこそ、彼が口にするエリザベスを好きになった理由はぐっとくる。

「あなたの心が溌剌(はつらつ)としているからです」

エリザベスがそのままの自分を受け入れてくれるダーシーによって最高の幸せを手に入れるのは、ラブコメのお約束だろう。十九世紀の文学が何故今なお定番なのかといえば、それはやっぱり、どんな時代のどんな人間だって、女の子が自分をねじ曲げて、世界におもねる姿なんて好きではないからかもしれない。

『お菓子とビール』

我慢せず、日々を謳歌する妻の可愛らしさ

サマセット・モーム
【1874−1965】
岩波文庫

新刊のプロモーションのため、あちこちの街を飛び回り、サイン会や講演をする日々が続いている。呼んでいただけるのは本当に有り難く、書くよりしゃべる方が得意という軽薄なタイプではあるのだが、「作家」としての意見を求められるとかなり苦労する。特に難しいのは「読書でなにを得られるのか、具体的に」と「執筆は楽しいですか」といった質問だ。本を読むのは好きだが、なにを得られたかと問われれば豊かな時間とか目線が変わったとか尊いけれど形にならないものでしかないし、作家業に限らず仕事が楽しいと思ったことは今まで生きてきてほぼない。立派な人格者になれたわけではないけど読書は好きだし、小さい頃から物語をつくるのは好きだけど仕事になっちゃうとやっぱり仕事で、でも泣くほど辛(つら)いってことも

なくて朝起きてしぶしぶ会社に行くのと一緒ですよ～、なんて言ってしまい、しんとすることしばしばだ。求められている意見がなんとなくわかるだけに、自分がひねくれ者のようにも感じるし、期待に応えられず申し訳なくもなる。

サマセット・モーム『お菓子とビール』は、語り手の作家ウィリーが現在と過去を行ったり来たりしながら、文壇で大成功をおさめた亡き老作家ドリッフィールドがかつて愛した妻ロウジーの素顔をひもといていくという物語だ。

無名時代のドリッフィールドを支えた女給出身のロウジーは太陽のようなグラマラス美人。だらしないのが欠点だが、サービス精神に溢れいつもほがらかだ。「こう見られたい」という欲がまったくなく、なにをやっても打算とはかけ離れている。夫以外の男性との恋愛も当たり前、貢ぎ物もちゃっかりいただいちゃうのだが、あっけらかんと楽しそうで、後ろめたさはまるでない。その無邪気な魅力は、保守的な価値観を持つメイドのメアリ・アンでさえ認めるほどだ。

「まあよく考えてみるとね、あの人が他の女より悪いってこともないんじゃないかしらん。なにしろ誘惑が多かったのだしね。非難する人だって、もし自分がロウジーみたいに誘惑される機会が多ければ、あの人と同じように振る舞ったかもしれないんですよ」

（『お菓子とビール』行方昭夫訳、岩波文庫より、以下同）

胸のうちを素直に表現することよりも、大衆の望む作家のイメージに自分を近づけることが出世の最短ルートだった当時の文壇に息苦しさを感じていた若きウィリー。他の男達と同様、ロウジーの自由さに惹き付けられ、恋をする。その魅力は、なくても生きていけるけどないと人生が味気なくなる「お菓子とビール」そのものだ。

ロウジーは僕をとっても幸福にしてくれた。僕は深い愛情を覚えた。一緒にいると心が和んだ。情緒が安定していて、それが一緒にいる者に伝染した。過ぎて行く一瞬一瞬を楽しむ彼女と同じ気持ちになれたのだ。

彼女はにっこりと微笑んだ。優しく美しい彼女ならではの、この微笑がどんなものか描写する力があればと思う。声も言うに言われぬほど優しかった。

「どうして他の人のことで頭を悩ますの？　あなたにとって何の不都合もないじ

ゃありませんか。わたし、あなたを楽しくさせてあげるでしょ？　わたしといて幸福じゃあないの？」

「すごく幸福さ」

「だったらいいじゃない。いらいらしたり嫉妬したりするなんて愚かしいわ。今あるもので満足すればいいじゃない。そう出来るあいだに楽しみなさいな。百年もすれば皆死んでしまうのよ。そうなれば何も問題じゃあなくなるわ。出来るあいだに楽しみましょうよ」

物語の最後、老婦人になったロウジーが再び姿を現す。権威には縁がないものの、いまだに異性を惹き付け、ノーストレスで日々を謳歌（おうか）するロウジーは可愛（かわい）らしく、若い頃と変わらない。そんな彼女に去られたドリッフィールドやその取り巻き達がどんなに高みに置かれようとも、なんだかむなしく、人生の旨（うま）みをいまだ知らないように感じられるのだ。なにを得るかよりも、どう生きてなにを見るかのほうがはるかに大事。また、ウィリーの言うように、作家にとってあらゆる感情はネタになるから、目先のごちそうに惑わされて、鈍感になってはいけないのだ。

いや、作家に限らず、無意味な経験なんてそもそも一つもないのだろう。文壇出世ルールにほほうと思わせられる本書だが、やっぱり読むたびに、自分を偽らず、ロウジーのようにちゃっかりのんきに生きていきたいと思ってしまうのだ。

『ねじの回転』

古いお屋敷の魔力に取り込まれる人間ドラマ

ヘンリー・ジェイムズ
【1843–1916】
新潮文庫

二十世紀初頭イギリスの貴族の館（やかた）を舞台に、召使いと雇い主双方の視点から描かれる愛憎ドラマ「ダウントン・アビー　華麗なる英国貴族の館」シーズン2が、NHKで二〇一四年春に放送開始となった。その日は、ダウントン好きの仲間三名とシーズン1を振り返りながら、英国風ティーパーティーを開いた。きゅうりのサンドイッチにスコーンにビスケット、ビクトリアケーキ（私が担当した）。私がこのドラマが好きなのは、物語のあちこちに英国文学ではお約束とも言える光景が見られること。例えば、従者のベイツさんとメイドのアンナの過去に縛られた恋は『レベッカ』（デュ・モーリア著、茅野美ど里訳、新潮文庫）や『ジェイン・エア』を彷彿（ほうふつ）とさせるし、プライドの高い長女の結婚にまつわるごたごたは『高慢と偏見』

をはじめとするオースティン作品そのもの、大戦が始まり三女が看護婦を志願すれば『贖罪』（イアン・マキューアン著、小山太一訳、新潮社）を思い出したりする。そして、なんといっても夢中にさせるのは、複雑なストーリーの舞台装置として完璧なお屋敷（実在するハイクレア城）である。

　私が普段目にしている巨大建造物というと、我が町のピカピカの駅ビルだ。広大な吹き抜けがあり、幅広の階段に貫かれ、自然光を存分に取り込んだそこは、どこもかしこも明るく見通せる。盗み聞きや秘密のアバンチュールには向かないし、策略や哀しい過去なんて入り込む余地はそこにはない。その点、田園や森に囲まれた古いお屋敷ときたら、屋根裏に地下室、調理場などの召使いのエリアと、貴族のエリアがくっきりと分けられ、深い陰影が生まれている。先祖代々伝わる絵や骨董品があらゆる所に溢れ、隠し扉もありそうだ。あんな場所で暮らしたら、胸の奥に眠る感情がふきだし、周囲を巻き込みながら、螺旋を描いて物語を形作りそうだとときめくのは私だけだろうか？

　お屋敷も田舎という舞台も「ダウントン・アビー」に似ている、ヘンリー・ジェイムズの『ねじの回転』は様々な読み解き方ができるので、ジャンル分けがちょっぴり難しい名作だ。心理小説でもあり、ミステリーでもあり、相当恐ろしい怪談でもある。語り手である若い女性家庭教師は両親を亡くした幼い兄妹マイルズとフローラの面倒を見るために、古い屋敷にやってくる。雇い主である兄妹の若い伯父(おじ)はやっかいごとを好まず、なにも相談しないでほしい、と一切の責任を放棄している。この雇い主にどうやら「彼女」は恋をしているらしい。潔癖でやや気持ちの高ぶりやすい傾向にあるヒロインの素性(すじょう)やキャラクターが上手(うま)くつかめず、「信用できない語り手」であるところが、読者をぐらぐらした吊(つ)り橋を渡るような気持ちにさせる。

屋敷に来てまもなく、彼女は不気味な人影を見る。他の使用人は気付かない。兄妹にはどうやら見えているらしいが、彼女の前でなにくわぬ顔をしている。昔ここで死んだ者の幽霊のようだ。何故(なぜ)、兄妹は見えないふりをしているのだろう。もしかしたら、すべて自分の幻覚なのでは？　それとも、ただの幽霊ではない、もっとおぞましい現実の存在なのではないか？　兄妹は幽霊に支配されているのでは？　そして非の打ち所のない少年、マイルズは何故学校を退学になったのか？　いつもくすくす笑ってお屋敷を走りまわっているような兄妹の後ろ姿を追いかけるだけで、ヒロインはどんどん、邪悪な世界に巻き込まれていく。それは、いつまで経(た)っても全貌(ぜんぼう)がつかめない、古いお屋敷の持つ魔力でもあるのだ。

このブライ邸にはいくつも空部屋があったので、問題はただ、そのうち一番適当な部屋をえらびさえすればいいのだった。わたしが適当だと思ったのは階下の部屋で——庭園よりはずっと高かったが——いつかわたしが古塔といったあの堅牢な建物の一角にあった。これは大きな四角い部屋で、立派な寝室の設備がととのっていたが、途方もない大部屋で不便なために、いつもグロース夫人が整然と整頓えているのに、もう何年間も人が使っていなかった。

わたしは度々、この立派な寝室を賞讃していたので、中の勝手を心得ていた。使われていなかったため、最初はヒヤリとした暗さが、わたしをほんの一寸ひるませたが、わたしはすぐ部屋を横切り、できるだけ静かに、雨戸の一つの閂をはずした。そして、音を立てずにそっとブラインドを上げ、顔を窓ガラスにおしつけた。

窓外は中よりずっと明るく、わたしは、ちょうどいい方角を見下ろしていたので、外がよく見えた。その他にも、まだ見えたものがあった。

（『ねじの回転』蕗沢忠枝訳、新潮文庫より）

すべて可視化され、謎(なぞ)は明らかにされるのがよしとされる現代、もうこんな恐怖やドラマは生まれないだろうと思う。だからこそ、美しいものもおぞましいものも内包しながら時間を刻んでいく、生き物のような貴族の屋敷に惹(ひ)かれるのかもしれない。

目を背けたい「性分」を描き切る

『嵐が丘』

エミリ・ブロンテ
【1818－48】
岩波文庫

初詣は福岡県の宗像大社である。お賽銭を投げ入れ、手を合わせ、家族や友人の健康とともに今年こそは、なにがあっても動じない、我慢強い静かな佇まいの人間になりたい、とそれはもう強く祈願した。神社の前で名物の温かいおもちを伸ばして食べながら、去年とまったく抱負が変わっていないことに気付く。それどころか、その前の年も、いやもっと前から、私は毎年同じことを祈り続け、そよ風のような女性になるべく自己啓発本を何冊も購入して実践し、すぐに挫折し、いやいやこのままでは、と気を取り直し、またも無為な一年を過ごしている。ようやく、これはもう性分ではないか、と気付き始めている。でも、また来年も同じことを願っているのだろうとも思う。

「性分」はどうしても変えられないというか、逃げられない。三十歳を過ぎたら、なおさらだ。エミリ・ブロンテ『嵐が丘』を最初に読んだ中学生時代、私は作品が発表された当時の多くの読者と同じように、どうにも不愉快で受け入れることができなかった。風変わりな少女が逆境に負けず自分を貫《つらぬ》く、姉のシャーロット・ブロンテ作『ジェイン・エア』に感激したばかりなだけになにやら腹立たしく、けなしまくった読書感想文を書いて、教師に注意された記憶がある。同じ場所でぎゃんぎゃんいがみ合っているような登場人物達（出てくる人出てくる人、感情に任せてしゃべりまくるため、ここまで会話に「！」が多用される作品を、ちょっと他に思いつかない）がどうにも好きになれないし、出てくる屋敷が掃除が行き届いていないような気がした。

しかし、今ならわかるのだが、恋愛小説の傑作と呼ばれる『嵐が丘』は、成長や変化とは無縁の「性分」の物語なのだ。死ぬほど執念《しゅうねん》深いヒースクリフと我《わ》が儘《まま》女王のキャスリンの性分と性分がぶつかり合うことから生まれる三代にわたる悲劇の大河ドラマ。性分の問題だから、読者が常識のものさしを持ち込んであだこうだ言うのはそもそもナンセンスなのである。改めて読み返してみて、恨みを原動力に極端から極端へと突っ走るヒースクリフに、不思議な気持ちよさと痛ましさを同時に抱いて、かなり戸惑った。
イギリスの田舎（いなか）、「嵐が丘」なる屋敷にヒースクリフという薄汚れた少年が拾われる。屋敷の主（あるじ）の勝ち気な一人娘キャスリンと彼の間には出会った瞬間から不思議な結びつきが生まれる。キャスリンと生きていくことを夢見て周囲のいじめに耐え抜くヒースクリフだが、キャスリンが半ば虚栄心から、セレブなエドガ・リントンとの結婚を決めてからは一転、復讐鬼（ふくしゅうき）に！　突然姿を消し数年後裕福な紳士となり帰還、「嵐が丘」をわがものに。「半沢直樹」*ばりの怒濤（どとう）の倍返しのスタート……が、まったくすっきりはしない！　キャスリンのころころ変わる、身勝手かつ正直すぎる主張は、語り手のネリやヒースクリフでなくとも振り回されること請（う）け合いである。

「…いまとなっては、ヒースクリフと結婚するなんて、あたしの身をどん底におとすことだわ。だから、あれに、あたしがあれを愛していることを、知らせてはならない。愛しているのはね、ネリ、あれが美しいからじゃなく、あれが、あたしよりも、もっとあたしだからなのだわ。われわれの魂は、どんなもので造られているか知らないけれども、あれの魂とあたしの魂とは、同じものだわ。リント

＊2013年、2020年に堺雅人主演で放送された人気のテレビドラマ

ンとあれとでは、月の光と稲妻、霜と火とのちがいがある」

「…あたし、どうしてこんなに変ってしまったのか。どうして、ちょっと何かいわれると血がのぼって地獄みたいなさわぎになるのか。でも、もし、あの丘のあたりのヒースの花のなかに、また帰ってゆけさえしたら、自分を取りもどすことができるにちがいない。もう一度、窓をあけておくれ。…」

（『嵐が丘』阿部知二訳、岩波文庫より、以下同）

何度も書くが「性分」は変えられない。どこまでも引き受け、付き合っていくしかないものだ。「嵐が丘」は誰もが目を背けたい「性分」を描ききったものだからこそ認められにくかったのかもしれない。物語の中ではなおさらだ。誰だって、変わっていける、よりよくなれる、と信じたい。物語の中ではなおさらだ。特に最近は、そうできないのは努力が足りないから、と自分も他人もすぐに責める風潮にあるように思う。だからこそ、終盤の意外なカップルの成立はこの物語の数少ない救いでもある。誰もが感情のおもむくままに突っ走ることしかできなかったがゆえに、自然に発生した若い二人のささやかな幸せは揺るがない真実であり、読者の信用に値するのかもしれない。

直球で愛を要求する主人公のすがすがしさ
『ジェイン・エア』

シャーロット・ブロンテ
【1816－55】
岩波文庫

『ジェイン・エア』を何年かぶりに読み返して、私はじっとり汗ばむような興奮に包まれた。なんて面白いんだろう！　ジェインは一見大人しそうではあるものの、我慢なんかしない。控えめに見えて凶暴すぎる言動の数々、コンプレックスは強いけれど、いい意味で厚かましく身の程知らず、現代日本に生きていたら炎上必至の問題ガールだ。どんな不利な状況であろうともプライドを失わず、堂々と要求を通し、嫌いな相手を毒舌(どくぜつ)でぶった切るジェインは、異様に怒りのパワーが強く、スイッチが入ったら手がつけられない。幼少期に両親を亡くし、親戚のリード家に預けられるが、意地悪な夫人にも子供達にも徹底的にいびられる。圧倒的に向こうが悪いにしろ、ジェインが身ひとつで歯向かう迫力はものすごい。批判から脅迫へと移

り変わるぶっ飛び方といい、リード夫人がその後彼女を何年も恨み、トラウマを抱え続けたのも納得である。

「あなたと血がつながってなくてよかった。伯母さん、なんて、これから一生呼ばないつもりだし、大人になったら二度と会いに来ませんからね。もしも誰かに、伯母さんのことが好きだったか、とか、伯母さんにどんな扱いを受けたか、とか聞かれたら、こう答えるつもり——「あんな人、思い出すだけでぞっとするわ。ひどく残酷な仕打ちをされたのよ」ってね」

（『ジェイン・エア』河島弘美訳、岩波文庫より、以下同）

夫人との不仲は決定的なものになり、ジェインは厳しいことで有名なローウッド校へ放り込まれる。良き師や友人を得、そこで教師となり安定した暮らしを手に入れる。しかし、これで満足するジェインではない。恩師が結婚を機に学校を去るなり、なんだかもうどうでもよくなってしまうのだ。新聞に求職広告を出し、今度はソーンフィールドなるお屋敷の住み込み家庭教師となるジェイン。可愛い教え子や同僚にも恵まれ、学校の面倒な慣習からも解き放たれる。が！　またすぐに物足りなさを感じていたところ、屋敷の主人、ロチェスターに恋をする。このロチェスター、ハンサムではなく小柄、非モテをこじらせてひがみっぽく面倒極まりない性格、と決して王子様キャラではないし、モラル的にも相当問題はある。彼が犯した罪を描いたジーン・リース作『サルガッソーの広い海』（みすず書房）を読むと、ジェーン、この恋、考え直した方がいいかもよ、と忠告したくもなるが、誰が何と言おうと彼女にとっては人生で初めて出会ったソウルメイトなのだ。好きになったら身分違いだからって遠慮したり、くすぶったりはしない。ライバルの美人を辛辣にこきおろし、直球で愛を要求するジェインのすがすがしさといったらない。

「…わたくしにだって、あなたと同じように、魂も心もあるんです。もし神さまがわたくしをいくらか美人でお金持ちにしてくださっていたら、今あなたのもとを離れるわたくしの辛さを、あなたも感じたことでしょう。今わたくしは、慣習やしきたりを介してお話ししているのではありません。肉体さえ介していません。魂が、あなたの魂に呼びかけているのです——ちょうど、二人が墓所を経て神さまの前に立ったときのように対等に。そうです、わたくしたちは対等です！」

しかし、ようやく結ばれたと思ったらロチェスターのある秘密が発覚。ジェインは一人で屋敷を出て、無一文のまま町をさまようことに……。みすぼらしい姿で物乞いするジェインは当然のことながらある人物に不審者扱いされるのだが、イラッとしてすぐに謝罪を要求する姿はまぶしいくらいである。

紆余曲折を経て、ジェインは幸せを素手でつかみとる。不思議と「したたか」とか「野心家」という表現は浮かばない。作品中で指摘されているように彼女は人並み外れた情熱家なのだ。誰を蹴落としたいわけでも、上昇志向にとりつかれているわけでもない。身体のうちにくすぶる正体不明なエネルギーや熱をもっとよりよい場所で解き放ちたい、そして受け止めてくれる誰かに巡り会いたいと強く願うのは、本当は自然なことなのだ。どんな場所でもなかなか満足できないジェインは、その満足できなさゆえに彼女にとって最良の居場所を手に入れる。そして、爆発するようなエネルギーは、ありあまる愛へと姿を変え、周囲を幸せにしていく。周囲を振り回す女の子の我儘や凶暴性は欠点などではなく、実は情熱という最大の美点なのではないか、と思わせてくれる普遍的な物語だ。

背筋が凍る傑作ファンタジー

『不思議の国のアリス』

ルイス・キャロル
【1832−98】
角川文庫

この仕事を始めてから、取材で、パーティーで、初対面の方と話す機会が増えた。その際、ちょっとした言い間違いや勘違いなどのボタンの掛け違いで、話が嚙み合わないということが多々ある。相手がなにを言っているのかよくわからない、今のこれどういう意味なんだろう？　聞き返したら失礼かもしれないと思い、わかったような顔でそのまま会話を進めてしまうと、かえって気まずい結果を生んだりする。わからない時は早く素直にそう言わなくちゃ、と後から反省したりもする。

『不思議の国のアリス』は嚙み合わない会話がおりなす居心地の悪い、ゆえに引き込まれる、いわずとしれた傑作ファンタジーだ。チョッキを着た兎を追って穴に落ちたアリスは、不思議な薬の力で伸び縮みし、「気ちがい帽子屋」のお茶会に参加し、チェシャ猫と問答し、ハートの女王とクローケーの勝負をするはめになる。

初めて読んだ小学生の頃、アリスの疑問や意志が、不思議の国の住人らに見事に「スルー」されていく様に、あっけにとられたものだ。それまでの児童文学とは、発した言葉はそのままに受け止められ、勇敢で饒舌な少女は周囲に大切にされ愛されるものと決まっていたから。案内人である兎にしたって、最後までアリスと関係らしいものさえ生まれない。なにしろ、この世界では赤ん坊が雑にブン投げられ、裁判では正義が意味をなさない。常識がゲシュタルト崩壊を起こしかけてしまうが、アリスは伝えることをあきらめない。綺麗な庭を見たい、という初期の欲望がブレないのもすごい。摩訶不思議な事象にもそれなりに適応し、ドリンク（「私を飲んで」の瓶に入った液体「桜んぼ入りのパイとプリンとパイナップルと七面鳥の焼肉とタッフィーとトーストをまぜたような味」を是非味わってみたいと今でも思っている）やキノコを駆使して、まるでスマホ画面でも操るように、ナチュラルに身体のサイズを調整する知恵にもうなる。

「でも、わたし、気ちがいのところなんかには行きたくないわ」と、アリスがいいました。

「だってそれはしかたがないさ」と猫はいいました。「ここに住んでるものはみんな気ちがいなんだから。おれも気ちがいだし、あんたも気ちがいさ」

「どうして、わたしが気ちがいだなんていうんです？」と、アリスがいいました。

「そうにきまってるさ」と猫。「でなきゃ、ここへ来たりしなかっただろうからな」

（『不思議の国のアリス』福島正実訳、角川文庫より、以下同）

アリスが正気を保ちつつ不思議の国の住人たちとそれなりに会話が成り立つのは、それは物語の結びにもあるように、彼女が幸福な少女時代を生きているからだろう。

「おまえさんはだれだい？」と、イモムシがいいました。

これは、話のきっかけとしては、あまりいい兆しではありません。アリスは、すこし恥ずかしそうに答えました。「わたし……わたし、いまのところ、よくわからないんです――今朝目が覚めたときだれだったかということなら、わかっているんですけど、でも、それから何回も何回も変わっちゃったらしいものですから」

「いったいそれはどういうことだ？」とイモムシが、ことばするどくいいました。「はっきりわかるように説明せんかい！」

「それが、自分でも説明できないのです。すみませんけど」とアリス。「なぜって、おわかりでしょう、わたし、わたしじゃないものですから」

幼い私はイギリス人らしいウイットとユーモアを感じ取れず、少々怖かったのだけれど、今読み返しても、やっぱり住人側の言語センスは狂気をはらんでいて、なにげないやりとりにぞくっとすることもある。でもそれはチョコレートの苦みのようなもので、この不条理な世界をさまよって振り回されたり拒絶されたりするのは、やっぱりひどく魅力的な冒険に思われるのだ。嚙み合わない会話の応酬。その居心地の悪ささえも余裕を持って味わえたら、もっと豊かなコミュニケーションが楽しめるのかもしれない。

世界一有名な「相続小説」『大いなる遺産』

チャールズ・ディケンズ
【1812－70】
新潮文庫

親族が亡くなった関係で、今年（二〇一五年）三月の確定申告はいつにも増して複雑で、時間がかかった。新しい書類が届くたびに役所に問い合わせ、税理士さんに相談に乗ってもらった。なにかを譲り受けるということが、こんなにもお金や時間を失うものだとは思いもよらなかった。相続破産なんて恐ろしい言葉もメディアでちらほら聞くようになったなあ……。

イギリスの物語にはこうした相続や遺産をめぐるゴタゴタ話が異常に多い。少女時代の愛読書『小公女』にしても、お嬢様のセーラは父の死と破産により、寄宿学校でひどい扱いを受けているのだが、実はダイヤモンド鉱山が残されていたことが判明し、周囲の態度がコロリと変わるシーンで終わる。セーラ、よかったね！　と晴れやかになるというより、大人の汚さや金の力を見せつけられた気がして、なんとなくざらついた読後感だった。セーラのお父さんが生前にちゃんと対策し、しかるべき公式の書面さえ残していれば、こんなことにはならなかったんじゃ……？ハマっているNHK放送「ダウントン・アビー　華麗なる英国貴族の館」にしても相続問題でずっともめている。階級社会ゆえの弊害といってしまえばそれまでだけれど、本人の意志や力とは関係のないところで人生が定められてしまう「遺産」の存在は、物語を紡ぐアイテムとして最強なのだろう。小説に興味がない人でも名前だけは聞いたことがある『大いなる遺産』は、もはやエンターテインメントのフォーマットになっている世界一有名な「相続小説」である。

口やかましい姉とその夫である優しい男、鍛冶屋のジョーのもとで育つ少年ピップはひょんなことから、莫大な遺産を相続し、それにふさわしい紳士になるため、ロンドンで教育を受けることになる。ところがこの遺産、具体的な額はもちろんのこと、贈り主もよくわからないのだ。ピップの人生を一八〇度転換させながら、全貌がまるでつかめない出所不明のそのお金は、彼がやってくるのをどこかで待ちわびている巨大なモンスターのようである。ピップがジョーとの穏やかな生活を捨ててまで遺産に飛びついたのにはわけがある。花嫁衣装を着たまま、自分を傷つけた男達を恨み続ける老婦人ミス・ハヴィシャムの手によって、すべての異性のハートを粉々にするために徹底的なプレイガール教育を受けた冷たい美少女エステラを振り向かせるためだ。高慢なエステラは、貧しく粗野なピップを徹底的に見下（みくだ）し、打ちのめすのである。

わたしはろうばいした。どうなることかもはっきり見さだめないで、うっかり口をすべらしたからである。しかし、いってしまった以上、いまさらごまかすわけにはいかないので、わたしはこたえた。「ミス・ハヴィシャムのお屋敷にいた、美しい若い女のひとだよ。あのひとは、いままで見ただれよりも美しいんだ。ぼくはあのひとを非常にしたってるんだ。で、あのひとのために、紳士になりたいと思うんだよ」こう狂気じみた告白をしてしまうと、わたしはひきちぎった草を川の中へ投げこんだ。まるで、いっそ自分もそれといっしょに、とびこみたいとでも思っているように。

「あんたが紳士になりたいってのは、そのひとを見かえしてやるためなの、それともそのひとを自分のものにするためなの？」ビディはちょっと黙っていてから、こうたずねた。

「ぼくにはわからないんだ」と、わたしはふさぎこんでいった。

（『大いなる遺産』山西英一訳、新潮文庫より）

この古典名作はありとあらゆる形でパロディ、オマージュ化され続けてきた。そのせいか、ピップが手にした遺産の贈り主は誰が読んでもすぐわかってしまうし、不思議な因縁（いんねん）ですべての登場人物ががっちり結びついているプロットはよくできすぎていて、当時のイギリス読者のようにハラハラドキドキしたりはしない。読みどころは「毒親」ともいえるミス・ハヴィシャムとエステラの不思議な信頼関係、そして、出自を切り捨て紳士として成り上がろうとするピップの挫折である。そう、どんなにお金があろうと努力しようと、イギリスで階級の移動は、フィクションにおいてさえよしとされていないのである。好意的に描かれているのは、分（ぶん）を知って、与えられたテリトリーでつつしみ深く豊かに生きるジョーや幼なじみのビディ、弁護士秘書のウェミックだ。同時に、遺産というのはただのお金ではないと思い知らされるのである。贈り主の強い思いとともにやってくるそれは、良くも悪くも、相続人に自分の遺志を継ぐように要求し、同時になにかを奪うものなのだ。だから私は、相続のやっかいさに触れるたびについ「現代日本は階級社会ではないんだから、人の金をあてにするよりも、自分でがっつり働いた方がいいや！」と思ってしまうのである。

目の前の一瞬を貪り尽くす女の息吹

『ダロウェイ夫人』

ヴァージニア・ウルフ
【1882−1941】
集英社文庫

体調を崩したせいで、出歩けない日々が続いている。ベッドの上だと一日があっという間だ。窓の外の緑のまぶしさを眺めていると、柄（がら）にもなくおのれを省（かえり）みて、その俗っぽさを反省することしきりである。二〇一〇年にデビューしてから五年。とにかくクオリティよりもオーダーと締め切り優先で力業（ちからわざ）で書き飛ばしてきた結果（断ったら抹殺（まっさつ）されると思っていた）、刊行スケジュールが渋滞、書いたことを覚えていなかったり……。このエッセイでしきりに反省しているのは本当なので、これからはちゃんと執筆スケジュールを組んで思考を発酵（はっこう）させ、推敲（すいこう）する時間も計算しないと……。もう三十四歳になるし、そろそろ無理のきかない身体（からだ）になりつつあるのだ。

ヴァージニア・ウルフ『ダロウェイ夫人』は今のダウナー*な私の気分にぴったりな一冊なのだが、できたら六月に読みたかったなあ、と少々悔しい思いをしている。というのもこの作品、ヒロインのクラリッサ・ダロウェイ夫人が自分の五十一歳の誕生日パーティーのため、花を買いに六月のロンドンに繰り出す場面から始まるのだ。この街の描写が実に生き生きとしている。ビッグ・ベンが鳴り響き、すれ違った車に王室の方が乗っていらっしゃったかも!? と人々が無邪気にざわめき、公園が多いから緑豊かだ。しかし、舞台は第一次世界大戦直後。表面上は楽しげな町のあちこちには戦争の傷跡が残っていて、それは通りすがりのセプティマスという精神を患(わずら)った青年が象徴している。

この物語の楽しいところは視点が自由自在に変わるところだ。クラリッサからセプティマスに、また道行く誰かに、と玉突き事故的に語り手がくるくる交替するばかりではなく、クラリッサ自身の思考も現在、過去、未来を目まぐるしく行き来する。パーティーが終わるまでのたった一日の物語なのに、なんだか文明が始まってからの長い歴史、ひいては我々はどこに行くのか? といった問いへの解答も滲(にじ)んでいたりして、くらっとするほど壮大に感じられる。というと、さも難解で哲学的なお話のようだが、クラリッサのかつての憧(あこが)れの女の子のサリーや元彼(もとかれ)のピータ

＊落ち込んだ状態。アッパーに対して使う。

ー、宿敵の家庭教師キルマンなど魅力的な登場人物が豊富で、飽きることがない。なんといってもヒロインのクラリッサの突き抜けたアッパーぶりが良い。エリートの夫と美しい娘に恵まれ、若さと魅力もキープ。私など好きなタイプのコンサバで社交的な奥様なのだが、見方によっては結構イヤなヤツでもある。「どこにいても自分の世界を作りあげるというあのすばらしい才能、女性に特有の才能」、すなわち自己プロデュース力に優れ、人を楽しませること、自分も楽しむことを至上の喜びとしている。そんな彼女にふっとしのびよる孤独や恐れ、見ず知らずのセプテイマスへのシンパシーがところどころに挟まれる、よくできたパッチワークのような描写が読みどころだ。なんで自分はパーティーにばかりかまけるのか、とクラリッサは自問する。パーティーってそもそもなんだろう?

　それは捧げ物なのだ。人びとをむすびあわせ、そこからなにかをつくり出すってことは。でも、誰にたいする捧げ物なのだろう?

　おそらく捧げ物のための捧げ物だ。とにかくそれがわたしの天賦の才能。ほかにはどんな些細な才能もまるでない。考えることも、書くことも、ピアノを弾くことさえできない。アルメニア人とトルコ人をとりちがえ、成功を愛し、不快を嫌い、人から好かれなければ承知せず、ばかばかしいおしゃべりを延々とつづける。この年になってもまだ赤道がなんなのかもわからない。

それでも一日の終わりにはつぎの一日がつづいてゆく。水曜、木曜、金曜、土曜と。朝になってめざめ、空を見、公園を歩き、ヒュー・ウィットブレッドと出会う。それから不意にピーターが訪ねてくる。それからあのばらの花。それでじゅうぶん。こういった一日の出来事のあとでは、死が、こういったことに終わりがあるなんて、とても信じられなくなる！　どれほどわたしがこういったもののいっさいを愛しているか、世界中の誰にもわからないだろう。どんなに一瞬一瞬を愛しているか……

（『ダロウェイ夫人』丹治愛訳、集英社文庫より）

クラリッサがパーティーに戻っていくところで物語は終わる。くだらない、上っ面の宴。彼女を愛する人々さえあきれるような。しかし、目の前の一瞬一瞬を貪り尽くしたい、愛し尽くしたいクラリッサは罰されない。冒頭の六月のロンドンのまぶしさそのもののように、彼女のひきとめたい輝きとは虚栄のそれではなく、生命の息吹そのものなのだから。

アップステアーズへの一途な思い

『日の名残り』

カズオ・イシグロ
【1954－】
ハヤカワepi文庫

いい加減しつこいぞ、と苦情が来そうなのだが、また「ダウントン・アビー」華麗なる英国貴族の館（やかた）」の話から始まる。このドラマの面白さが「きらびやかな階上のお金持ち＝アップステアーズ」と「階下で働く使用人＝ダウンステアーズ」の両サイドから物語が描かれるところにあるのはいわずもがななのだけれど、働く私にとって感情移入できるのは断然ダウンステアーズ側である。周りのダウントンファンを見ていても、アップステアーズのキャラをごく自然に「旦那（だんな）様」「メアリー様」「バイオレット様」と呼んでいるし、老執事カーソン（私もイチオシ）のことは「カーソンさん」だから、だいたいみんな中堅どころの使用人の目線で楽しんでいるのがわかる。遺産管理や結婚問題で常に頭を悩ませている貴族だってもちろん

大変なのだが、ダウンステアーズで起きる問題はほとんど現代日本の会社のそれである。使用人にもプロ意識の高い人とそうでない人がいるし、転職をもくろむ者、リストラにおびえる者、様々である。カーソンさんのような管理職ともなると細部まで目配りせねばならず、常に裁量が問われる。お給料が安いのは我々も同じだが、圧倒的に自由時間や人生の選択肢が少ないのはダウンステアーズ側の辛いところ。そんな日々にやりがいを見出すには、アップステアーズ側への忠誠心や敬愛が絶対に必要なのだ。

カズオ・イシグロ『日の名残り』は、雇用主の品格こそが自らの品格である、と信じてやまない古き良き時代を知る老執事スティーブンスが、思いがけず与えられた自由時間におのれの人生を振り返るという物語である。第二次世界大戦終結から数年、アメリカ人のファラディ氏に雇われているスティーブンスは召使いの少なさに悩み、昔の仲間、女中頭のミス・ケントン（結婚してミセス・ベン）からの手紙を読みながら、彼女に復帰してもらえないかと考える。もともとファラディ氏が買い取った屋敷ダーリントン・ホールは、スティーブンスが敬愛してやまなかった亡きダーリントン卿のもの。名執事であった父ともども二代にわたってダーリントン卿につかえてきたという歴史はスティーブンスにとっての支えでありプライドでもある。ファラディ氏から与えられた数日の休暇を使って、彼はミス・ケントンに会いに借りた車で旅に出るのだが――。

雇用主への圧倒的な忠誠に基づいて仕事をするスティーブンスはプロ中のプロ。親の死に目よりもお給仕を優先し、ミス・ケントンのまっすぐなアタックにも気付かず、頭にあるのは銀食器の磨き方や客人をどうもてなすか。というと冷たくて人情味のない鉄仮面のようだが、読んでいて何度も胸がきゅっとなるような健気さに満ちた愛すべき人物なのだ。屋敷の外のことに興味を持つ暇もなく、プライベートなんてないも同然で生きてきたスティーブンスは業務以外のこととなるとほとんど子供なみにピュアだ。冗談好きなファラディ氏を喜ばせようとジョークを口にするも、スベりまくって密かに落ち込み、ギャグの特訓をする辺りはおかしいのと同時にふと泣きそうになってしまう。なによりダーリントン卿への思慕は、彼が決してスティーブンスの思うような人物ではないことが読者に伝わる仕組みになっているだけに、まるで盲目的でひたむきな恋のようだ。

「あなたがそのような態度に出るとは驚きですな、ミス・ケントン。あなたには思い出していただく必要もありますまい。私どもの職業上の義務は、ご主人様の意思に従うことであって、自分の短所をさらけだしたり、感情のおもむくままに行動したりすることではないはずです」

（『日の名残り』土屋政雄訳、ハヤカワepi文庫より、以下同）

私どものような卑小な人間にとりまして、最終的には運命をご主人様の――この世界の中心におられる偉大な紳士淑女の――手に委ねる以外、あまり選択の余地があるとは思われません。それが冷厳なる現実というものではありますまいか。

スティーブンスの誇りが守られていた時代は、もうとうに失われてしまったものだ。物語の最後、彼はそれに気付き、あったかもしれないもう一つの人生に思いを馳せつつ、それでも目の前の自らの仕事をまっとうし続けるべく、気持ちを切り替えようとする。

ダウンステアーズの人々よりはるかに自由も選択肢もあるはずの私なのに、最後に彼が見せた涙にはっとし、深い同情を覚えるのは、一体何故なのだろう。

怖くて切ない極上のミステリー

『春にして君を離れ』

アガサ・クリスティー
【1890－1976】
ハヤカワ文庫

賞をいただいた。授賞式では大先輩や作家仲間にスピーチをしていただき、感無量だったのだが、人から語られる私のなんと困り者なことよ……。そこは作家の皆さんだから多少話を面白く作っていることは差し引いて、飲み会や食事会、すっかり忘れていた自分の言動の数々を第三者の口から聞くと、死にそうになる。選考委員である石田衣良（いら）先生に文芸誌で選評をいただいたのだが、何故（なぜ）かご一緒させていただいたカラオケで私が自作の替え歌を歌ったことが書かれていて、その歌詞にまで言及されていた。半ば忘れていたので「私はどうかしてるぞ」と衝撃を受けた。ずっと一人で原稿を書いたり読んだりという暮らしをしていると、人に会うだけでついついはしゃいでしまい、他者にどう見られているか、という感覚がすっと抜け

落ちてしまうのは困ったことである。アイタタタタ。

推理小説の女王、アガサ・クリスティー『春にして君を離れ』は、幸せなベテラン主婦のジョーンが、旅先からの帰り道に砂漠で足止めされ、人生を振り返るうちに見たくないものがどんどん現れてくるという、殺人も犯罪も登場しないのに怖くて切ない極上ミステリーだ。優秀な弁護士の夫ロドニーに守られ、三人の子供を立派に育て上げたジョーンは、ルックスも若々しく、家事に社交にいつも忙しい、誰から見ても完璧（かんぺき）な女性。

娘の嫁（とつ）ぎ先からの帰り道、突然放（ほう）り込まれた人生のエアポケット。砂漠の粗末な宿泊所（レストハウス）で過ごすなにもしようがない数日間に、彼女は初めて自分の辿（たど）ってきた道を振り返る。誰しも経験があるであろう、あの時の釈然としなかった一言、解消されなかった疑問、ひっかかっているあの表情。日常を離れたジョーンはその一つ一つをゆっくり手繰（たぐ）り寄せるうち、恐ろしい真実にぶち当たる。たっぷりと満たされていたはずの彼女が、実は「誰からも好かれていないどころか、全員に疎（うと）まれている」ことがじわじわ判明するくだりは、読者も我が身を振り返り、鋭く突き刺さること必至である。駅でばったり会った、かつての人気者の同級生にして今はすっかり落ちぶれた（と、ジョーンは思っている）ブランチとのやりとりを思い出しながら、ジョーンはこんなことを考え始める。


でもその後であの人、何だか妙なことをいった。……

　そうだわ、くる日もくる日も自分のことでも考えるほか、することがなかったら、自分についてどんな新しい発見をするだろうか、そんなことをいった……

　それもまあ、面白いかも知れない、考えようによっては。

　ブランチは自分ならご免こうむるといったけど。

　何だか――こう――恐ろしそうな口ぶりだった。

　いったい、自分について、新しい発見なんてできるものだろうか？

　もちろん、わたしは自分中心に物を考えるたちじゃないから。

　だから、自分のことなんて、あまり考えたことがないんだわ。でも、わたしってほかの人の目には、どんな人間に見えるんだろう？　一般にどんな印象を与えているかということよりも、個々の場合に人がどう感じるかということだけど……


　ジョーンは、いろいろな場合に人からいわれたことを思いかえしてみようとした。

（『春にして君を離れ』中村妙子訳、ハヤカワ文庫より）

彼女がその数日間のうちに得たものとは客観性である。思うにジョーンに必要だったのは「ツッコミ」なのではないか。むろん、彼女は人の話を聞く耳など持たないのであるが、愛情のある優秀なツッコミ役さえいれば、彼女の人生も少しは違うものになっていたのではないかと思わずにはいられない（その適役が実はブランチだったのかな、と思わせるエピソードがいくつか登場する）。そういう意味で、決して彼女に真っ向からぶつからないロドニーの優しさは、実は誰よりも冷徹だったと言える。

どうしたって、私はジョーンを嫌いになることなどできない。彼女は根っからの悪人などではない。傷つきたくないから見たくないものから目を背け、すぐに楽な自己満足の道に逃げてしまうだけ。それは誰だって陥る落とし穴なのだ。ジョーンの気付き、そして旅の終わりに彼女がどう変わるかは読んでからのお楽しみ。タイトルの意味が判明するとともに、彼女を見つめる近しい人物の視点で終わる結末は、あまりにも痛ましい。

どんでん返しに仰天すること必至

『ハワーズ・エンド』

（『池澤夏樹＝個人編集 世界文学全集Ｉ―07』より）

E・M・フォースター
【1879－1970】
河出書房新社

最近、毎日のように「共感」について考えている。「共感できる話を」と編集者さんに求められるし、「共感できない話は読みたくない」という読者さんの声もよく聞く。私は映画や小説で自分によく似た登場人物や覚えのある感情に遭遇するとキャーッと嬉しいのと同じくらい、さっぱりわからない台詞や理解不能なキャラクターに振り回され思いがけない場所に運ばれるのも好きなので、かなり悩む。共感させよう、と意識して書くのも読み手をなめている気がしてなんだか失礼。本当に書きたいことも確実にぼやける。こればっかりは操作できるものではなく、読者さんに委ねるしかないのかも。書きたいものを書いたら、あとはもう本を手に取った方が決めること、それでたまたま共感してもらえたらラッキーくらいに考えて、焦

って変な方向にいきそうになる自分をセーブしている。

最近ニュースを見るにつけ「自分とまったく意見の違う相手をどのように受け入れるか」が社会的な課題になっているような気がする。議論がすぐに喧嘩になってしまったり、ただの感想や正直な本音が批判として受け取られて大騒ぎになってしまうのは、共感ばかり求められすぎた結果ではないだろうか。

『ハワーズ・エンド』は共感についての物語だ。真面目な姉マーガレットと奔放な妹ヘレンの恋愛話。というと緑の木漏れ日の中の麗しい英国小説のようだが（そうなのだけど）、ゆったり構えて読むと椅子から落ちるかも。まさに共感から振り落とされる各キャラの大暴走。どんでん返しに次ぐどんでん返しに仰天すること必至である。

父の遺した財産でロンドンで優雅に暮らす姉妹が、叩き上げの実業家一族ウィルコックス家と交流するうちに、マーガレットはウィルコックス夫人に気に入られる。ウィルコックス夫人は生まれ育った屋敷「ハワーズ・エンド」に強い思い入れがあるようだ。さらに貧しい青年レオナードがその文化的豊かさに惹かれ、姉妹の家に出入りするようになり、いわば三つの異なる階層が入り乱れていく。舞台となる二十世紀初頭のイギリスといえば、厳しい階級社会。本来不可能なはずの交流が成立するのは、マーガレットのリベラルな姿勢と人に対する深い敬意あってのことだ。彼女は一貫して綺麗事(きれいごと)を言わない。お金は「世界で二番目に大事」と言い、ある程度の豊かさがなければ「自分の魂というものも得られない」のだから、精神論や理想論を振りかざすよりも助けられそうな身近な誰かに手を差し伸べるべきだ、と常に考えている。

ウィルコックス夫人亡き後、マーガレットはウィルコックス氏と急速に親しくなり、プロポーズを受ける。ウィルコックス家との過去のひともんちゃくや価値観の違いを懸念し、猛反対するヘレンにマーガレットは冷静に答える。

「…例えば、わたしにはウィルコックスさんの欠点がみんな解(わか)っている。あれは感情に少しでも関係があることが恐(こわ)くて、成功することばかり考えていて過去を大事にしない。あの人が心を動かすときには詩がなくて、それだからほんとうに心を動かしたことにならない。わたしは」と彼女はそこで海が夕日に輝いているほうを見た。「あの人が精神的にはわたしほど、正直ではないとさえいってもいい。それだけ解っていてもあなたには承知できないの」

「できない」とヘレンはいった。「もっといやな気がしてきてよ。あなたはどうかしているんじゃないの」

マーガレットは思わず不機嫌そうにからだを動かした。

「わたしはあの人でも、どんな男でも、女でも、わたしの生活の全部にするつもりはないのよ。そんなこと。わたしにはあの人には解らなくて、けっして解りはしないことがいくらでもあるんだから」

（『ハワーズ・エンド』吉田健一訳、河出書房新社　『池澤夏樹＝個人編集　世界文学全集Ⅰ—07』より）

マーガレットはこうも言う。自分だって彼のすべてがわかるわけではない。彼のような実業家達がイギリス経済を支えなかったら、自分達のような人間は文化的な暮らしを送れなかっただろう、とも。彼女があらゆる人間に共感できるのは、相手の立場や心情を慮（おもんぱか）る能力のおかげだ。さらに気持ちをまっすぐに伝えるためなら、ぶっとんだ行動すら辞さない勇気もある。異なる人間が心を通わせるには、時間とたくさんの言葉と歩み寄る力、そしてたっぷりのティータイムが必要であるということを本書は教えてくれる。

『1984年』

自由の怖さこそが生きてる証

ジョージ・オーウェル
【1903−50】
ハヤカワ文庫

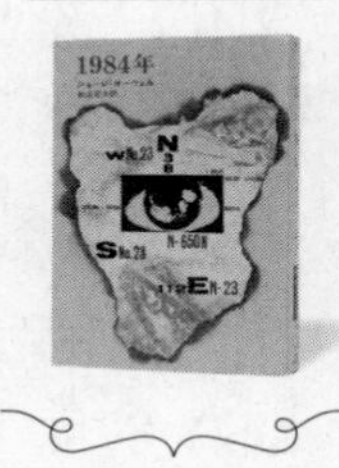

今の日本で十分のびのび暮らせている、なにも疑問はないし先行きも心配していない。不満があるなんて柚木さんの努力が足りないんじゃないの？　みんな大変なのは同じなんだから愚痴や不満は口にしない方がいいよ、という価値観の方はこの項を、読み飛ばしていただいて構わない。

この本は、正体不明の焦りと不安、閉塞感で押しつぶされそうな方、なんだかいつも誰かのスマホで見張られている気がして緊張感が抜けない方限定のおすすめなのである。メディアだけの話に限らず、ここ最近の風潮、なんか変じゃないか？　軽率な発言は許さない、ひどいことを言われてもスルーしろ、奔放な振舞いはだめ、努力しろ、でも努力の暑苦しさは見せるな、活躍しろ、でも謙虚であれ、人を惹(ひ)きつけるほど魅力的であれ、でも犯罪には巻き込まれないように、巻き込まれたらそれはもう自己責任だから緊張感を持って暮らすこと、仕事も結婚も出産も育児も全部こなして、なおかつ絶対に人に迷惑をかけるな、という社会からの厳しい要求に、私のようにものを深く考えないタイプの人間でさえ、なんだかすっかり疲れてしまったのだ。日常のさまざまな局面やある種のニュースを目にするたび、同調圧力にプレスされぐったりすることがある。

読んだ人はみんなそうだと思うが、ジョージ・オーウェルのSF古典『1984年』は、ページをめくりながら、これ本当に一九四九年に出版されたんですよね？と何度も確認してしまいそうになる。当時から見ての近未来のロンドンが舞台。「偉大な兄弟」が支配するクレイジーな相互監視社会で、市民は言葉からセックス、思想まで管理されている。「なにかが変」と違和感を抱(かか)えつつも淡々と人生をやり過ごしている中年の役人ウィンストンが、ふとしたきっかけから日常を脱していく物語なのだが……。こんなことを書いたら「思想警察」に見つかって一〇一号室で恐怖の拷問(ごうもん)にかけられそうだからどきどきしているが（小説の影響です！）、我々が直面している現実とものすごく似ている気がしてならないのだ。

まず市民の生活を見張る「テレスクリーン」。あっちからも見えるし、こっちからも見える、ひっきりなしにニュースやスローガンを流し続ける双方向テレビジョン。どの家にも取りつけられ全部筒抜け、プライバシーなど存在しない。義務づけられている「二重思考（ダブルシンク）」により相反する考えを同時に受け入れないといけないため、オリジナルの意見が構築できない仕組みになっている。「新語法（ニュースピーク）」のせいで使える言葉は極端に少なくなり、細かいニュアンスを伝える手段は消えている。つまり誰もが思考停止に陥（おちい）り、現状になるべく疑問を持たないようにして、ありのままを受け入れるしかなくなっているのだ。

ウィンストンは禁止されている日記を書くようになる。ジューリアという若い女性に告白され、テレスクリーンや隠しマイクを巧妙に避けて逢瀬（おうせ）を重ねるようになる。彼がつかの間だけ手に入れる誰にも侵されない時間は、凄絶（せいぜつ）な拷問シーン（でも、同じようにデストピア*を描いたマーガレット・アトウッド『侍女の物語』『誓願』はさらにキツかった）が控えているだけに、どこまでも伸びやかで温かい血が通っている。

> 奴らは自分のしたこと、言ったこと、あるいは考えたことの一切を細大もらさずに暴露することができよう。だが、心の奥底だけは、その働きが本人にさえ摑（つか）め

＊ディストピア（暗黒郷）とDEATH（死）をかけた造語

ないものだけに、依然として攻め落とすことはかなうまい。

（『1984年』新庄哲夫訳、ハヤカワ文庫より）

自由というのは選択肢の多さで押しつぶされそうになる、怖いものだ。ふとした瞬間に大きな声のする方に流された方が楽かな、と思ったりもする。煮詰めていた感情を伝えようとする時はいつも緊張するし、人との距離感に悩むこともある。誰からも批判されないよう、なにもしない方が勝ちなのかもとも思う。それでも小さな疑問に面倒でもいちいち立ち向かったり、拙（つたな）い言葉を尽くすことをあきらめたくない。このストレスこそ、まだ誰にも私の心が支配されていない証（あかし）なのだから。

American

アメリカ文学篇

悪評が魅力や財産に変わる時

『緋文字』

ナサニエル・ホーソン
【1804－64】
角川文庫

私の子供でもおかしくない年齢のアイドルが、恋愛沙汰で毎日のように叩かれている。アイドルに限らず、昨今は男女問題に対して世間が潔癖だ。そっちの方面にはさっぱり疎く、仕事相手に「頼むから！　男女の！　セクシーな！　物語を書いてください！」と懇願されるたび、ヘラヘラ笑ってごまかす私でさえ、「え、そんなささいなことで大騒ぎなの？」とびっくりすることもある。恋愛問題だけではない。今はとにかく人としてすばらしいかどうか、いい仕事をするかどうかより、クリーンであることを求められる。失敗も黒歴史もないまま、人として成長するなんて土台無理な話だと思うのだけど……。そもそもルールなんて時代や場所によってくるくる変わるのだ。声高に正しさを叫ぶ人が十年経った時、正義の側にいるかな

んて誰にもわからない。

時は十七世紀のニュー・イングランド（今のボストン）。若くて美しい人妻、ヘスター・プリンは不倫で授かった赤ちゃんを抱いて処刑台に晒し者として立たされている（不倫といっても、彼女の年上の夫は二年近く消息不明の音信不通。同居の実態もないし、今だったら普通に離婚が成立しそうなものなのだけど）。処刑台の周りをガヤガヤ取り囲む群衆の一人が叫ぶ「この女は私達女全体に恥辱を与えたのだから、死ぬのが当然だよ」なんて、ちょっと理不尽がすぎる。子供の父親の名前を頑なに口にしないヘスターに、絞首刑ではなく、一生、胸に「姦淫」を意味する「A」の字を縫い付けて生きなければならないという過酷な罰が与えられる。なにしろこの時のボストンは、イギリスから渡ってきたピューリタン達が切り拓こうと摸索中の、まだまだ未開の新大陸なのである。神秘的な森に囲まれ、先住民もいれば魔女のような老婦人も登場する。誰もが不安であり、厳しい宗教的戒律だけが唯一すがれる確かなものなのだ。

こんな環境でシングルマザーとして生きるなんて想像しただけで身がすくむが、ヘスターは得意のお裁縫で生計を立てながら、娘のパールとともに自活する。本筋ではないのかもしれないが、このＤＩＹ精神がたまらない。貧しさもなんのその、

＊当事者が言及するのを避けている過去のこと

ヘスターのセンスと工夫によって、パールは誰よりも華やかでビビッドな子供服に身を包む。恥の刻印「A」も、おしゃれな感じすらあるモノトーンファッションのアクセントに早変わりだ。美意識が高く、凛(りん)として聡明(そうめい)で愛情深い。そして困った人にさりげなく手を差し伸べるヘスター。その姿は次第に人々の誤解を溶かし始める。

裏切られたヘスターの夫は、復讐(ふくしゅう)のために医師ロジャー・チリングワースとしてやってくる。そしてヘスターの不倫相手である牧師ディムズデイルを心身ともに追い詰めていくのだ。世間の目が気になり、どうしても自分が彼女の相手だと打ち明けることができず、日々呵責(かしゃく)に苦しむ彼に、ヘスターは言い放つ。

「それにしても、世のなかはそんなに狭いものでしょうか?」とヘスター・プリンは叫んだ。彼女は深い眼差をじっと牧師の眼につけて、本能的に、もう体をまっすぐにさせておくこともできないほど打ち砕かれ、押しつけられているその心の上に、磁石のような力を注いでいた。「ついこの間までは木の葉の散り敷いた荒野原で、この辺と同じように淋しかったあの町のなかだけに限って宇宙があるのでしょうか。森のなかのあの道はどこへ通じているでしょう。植民地へ帰る道だとあなたはおっしゃるでしょう。それはいかにもそうですが、しかしそれよりもっともっとさきまでも行くのです。奥深く、荒野のなかへどんどん進んで行けば行くほど、一歩ごとに誰にも見られないところへでて行くのです。……」

（『緋文字』福原麟太郎訳、角川文庫より）

泥沼の中でもがくような男達に対して、彼女はどこまでもたくましく生きる知恵に満ちている。新しい土地で家族三人生き直そう、と彼女は提案するが、ディムズデイルは罪を告白し、とうとう死んでしまう。パールを立派に育て上げたヘスターは、あえて「Ａ」の刻印をつけたまま生きていく。もはや緋文字は人々の尊敬を集める勲章になっていた。

人の評判は気になるし、できるだけ嫌われたくないのは皆、同じだ。でも、どんな時代も魅力的な人物にゴシップは付きもの。悪口ひとつ言われない女なんてちょっと退屈ではないだろうか。悪評なんて時期や環境次第で、魅力や財産に変わる、大切なその人の一部分なのだから。

欲望に正直な女の子を肯定してくれる男性

『風と共に去りぬ』

マーガレット・ミッチェル
【1900−49】
新潮文庫

昨年、生まれて初めてハロウィンに本格的に参加した。といっても我が家で開いたささやかな女ばかりのパーティーなのだが。ことの起こりは、今回紹介する『風と共に去りぬ』の新訳版（鴻巣友季子(こうのすゆきこ)さんによる現代的な表現やリズムがすばらしいので、未読の方はぜひこの機会に！　さらに鴻巣さんの「謎とき『風と共に去りぬ』」（新潮社）を読めば、人種差別を当時のそのままに描いているこの作品が、実は南部を痛烈に批判したデストピア文学であることもわかる）の帯*を書かせてもらったことがきっかけで、親友が全五巻を読破したのだ。いわずと知れたアメリカの南北戦争を舞台にした、暴走機関車のような美人ヒロインの試練と愛の物語は、私の中学の頃からの愛読書である。

「もっと早く読めばよかった！」と震える親友と、スカーレットとメラニーの友情に萌え、レットの告白に泣き、アシュリの悪口で大層盛り上がるうちに、熱くなった私がアメリカの通販でスカーレット・オハラの衣装を購入。そうなると是が非でも着る機会が欲しくなり、十月三十一日に我が家に集まることになった。

せっかくだからとアメリカ南部料理にチャレンジした。作品にも登場するフライドチキンやビスケットを作り、仮装した仲間達と平らげたのである。緑のリボン付きのスカートのふくらんだフリフリの白いドレス、長手袋、つばの広い日よけ帽姿でフライパンのチキンをひっくり返す私を、みんなが指差した。

「白い服に油が飛ぶよ！」

「大農場のお嬢様は揚げ物しないでしょ！」

こってりした美味しそうな料理は登場するものの、スカーレットは我々のように思う存分食べることはできない。仮装してみて実感したが、古典的南部ドレスはウエストをぎゅうぎゅうに絞って身体の線を強調するデザインである。さらに南部美人は小食がよしとされ、男性の前では万事控えめであれ、物知らずであれ、と厳しく教育されているのだ。

同時代の北側の物語である『若草物語』は、異性に媚びて自分を見失うくらいな

＊書籍に巻かれた、キャッチコピーなどが刷られた紙

らオールドミスで構わないわよ！ と女同士のコミュニティではつらつと生きているというのに……。ジェンダー観のあまりの差にアメリカの広さを思い知った記憶がある。出会いの場であるバーベキューパーティーでスカーレットがガツガツ食べないように、黒人乳母のマミーが無理やり食事を押し込む場面が登場する。

「パンケーキをあがってごらんなさい」マミーは容赦がない。

「どうして若い娘は旦那さんをつかまえるのに、こんなばかにならなくちゃいけないの？」

「こういうことですよ。殿方っていうのは、実際ご自分になにが必要かなんてわかってなさらない。ただ、ご自分が欲しいと思うものはご存じだ。そこで、殿方の欲しいと思うものをさしだせば、たくさんの娘がみじめな行き遅れにならずにすむってことです。でもって、殿方は小鳥みたいに小食でなんにもわかってない内気なかわいい女の子がお好みで。自分より頭が良いんじゃないかと思ったが最後、そういう女性とは結婚したがらない」

「でも、結婚してみたら奥さんが意外にものをわかっているのでびっくり、ってことになると思わない？」

「そのときにはもう遅いでしょう。結婚した後ですからね。それに殿方っていうのは、結婚したら、奥さんに賢くあるよう言うもんです」

「いつかわたし、したいことはなんでもして、言いたいことはなんでも言うような女になるわ。まわりがとやかく言おうと気にしない」

「冗談じゃない」マミーは頑として言った。「あたしが生きているうちはそうはいきませんよ。さあ、そのケーキをおあがりなさい。グレーヴィにひたして」

（『風と共に去りぬ』鴻巣友季子訳、新潮文庫より）


なんだか、今も女性誌に書かれているしょうもないモテテクと変わらない気が……。

母や乳母の教えに従い、スカーレットは異性の前では徹底的に愛されキャラを演じ抜く。しかし、そんな彼女の暴れ者な本性を見抜いて、ことあるごとにからかったり、サポートしたりするのがレット・バトラーだ。スカーレットはその真心になかなか気付かないのだが、この時代、欲望に正直な女の子を肯定してくれる彼は本当にすばらしい。レットの前では好きな物を好きなだけ頰張る（ほおば）スカーレット。ニューオーリンズに旅行中、クレオール料理を片っ端から食べまくるスカーレットを見つめるレットはいかにも幸せそうで、物語の結末を知る身からすると切なくて仕方がなくなるのだ。

『若草物語』

家族のために男役を担った娘の恍惚と孤独

L・M・オールコット
【1832－88】
福音館文庫

『風と共に去りぬ』を取り上げた前項で、同時代の名作なのに、北と南でここまで価値観が違う⁉と比較した『若草物語』。久しぶりに読み直すにあたって、『ルイーザ・メイ・オールコットの日記　もうひとつの若草物語』（ジョーエル・マイヤースン／ダニエル・シーリー編、宮木陽子訳）で作品誕生の背景を補強した。すると、今まで見えていたものとちょっと違った女の子の姿が立ち上がってきたのである。

　言わずとしれた世界一有名な四姉妹、優しくて美人なメグ、活発なジョー、大人しいベス、おしゃまなエイミー。奉仕活動に熱心な賢い母のもと、貧しいながらも互いを労（いたわ）りあって北部で暮らす彼女達は、ルイーザの実際の姉妹、アンナ、リジー、メイそのものだ。もともと一家は裕福だったものの、父は友人を助けるために財産を失い、今は南北戦争に牧師として従軍しているため不在。ジョーが必要以上にさばさばしていて面倒見が良いのは、自分がお父さんに代わり家族を守らなければ、という責任感からだ。欠点だらけで可愛いわけでもない『赤毛のアン』や悪女ものとしてのギラギラも兼ね備えた『風と共に去りぬ』と違って、『若草物語』はどこまでも素直で優しい良い子の物語だ。もともと十分すぎるほど善人の四姉妹が、もっともっと良い子にならなくちゃ、人のためにならなくちゃ、我慢しなくちゃ！　と、日々悩み、葛藤する様子に、私などつい頭を垂れてしまう時がある。でも、健康的で幸せそうな女の子達を生き生きと示してくれるこんな描写はやっぱり大好きだ。お隣の裕福で孤独な少年ローリーのお見舞いに来たジョーは、家庭から持ち込んできた温かな空気とセンスで、あっという間に空間をアゲてみせる。

あらわれたジョーは元気はつらつとしてすこしのわるびれたふうもなく、片手にはふたをしたお皿を、片手にはベスの三びきの子猫をかかえこんでいます。

「さあきたわよ、よっこらしょっと。」ジョーはきびきびした口調で、「母さまがよろしくって。あたしがお役に立てればうれしいってよ。メグはお手製のブラマンジェをよこしたわ、とても上手なの。ベスは猫ならお慰みにいかがかしらって思いついたのね。わらわれそうだけど、あたし、ことわれなかったの、ベスなりにさんざん考えたんだし。」

（中略）

「たいしたことないわよ、ただみんな親身に思って、それをあらわしたかっただけよ。メイドさんにいって、これ、お茶のときまでしまっておかせてね。あっさりしてるからお口に合うでしょうよ。それにやわらかいから、のどが痛くてもつるんとのみこめるわ。ここ、こぢんまりしていいお部屋ね！」

「片づいてりゃそうかもしれないけど、メイドさんたちはなまけんぼだし、ぼくはぼくでどうたのめばいいかわからないしね。気になってはいるんだけど。」

「あたしなら二分できちんとできるわ。だって暖炉のとこ掃くだけだもの。ほら、こうやって——炉棚の上のものをちゃんとならべて、ほら、本はこっち、びんはそっちにね。ソファはあかりに背をむけて、まくらはちょっとふくらませて。さあ、これでできあがり。」

　ほんとにそうでした。なにしろジョーはわらったりしゃべったりしながらもせっせと物を片づけて、部屋を見ちがえるようにしてしまったのです。

（『若草物語』矢川澄子訳、福音館文庫より）

男の子になりたい、が口癖のジョーは、作家になるのが夢だけれど、芸術家肌というよりは「原稿でお金を稼いで家計の足しに」が第一目標だ。父親のために自慢の髪を売ってしまい、夜中に後悔して泣き出すところは特に痛ましい。それは家族のために一生書き続けたルイーザの姿そのものである。今回、ルイーザの日記を読み、家族への深い愛に時折、毒や棘が垣間見られて、むしろ私はちょっとほっとしたのである。とりわけ、尊敬すべき教育者、哲学者ではあったが家族を養う力に欠けていた父には、複雑な感情を抱いていたようである。

男尊女卑と人種差別のまかり通る南部で、保守的な元・お嬢様として男を手玉にとりながらも、結局のところ女友達の後方支援によって戦い抜いた『風と共に去りぬ』のスカーレット。かたやルイーザは自由を愛して独身と自立を貫き、生涯を通して取り組んだのは奴隷制反対運動、婦人参政権運動、女権獲得運動。北と南に分かれ、対照的に思えるスカーレットとルイーザの分身ジョーだけれど、ある一点において激しく似通っている。家族を守るために男役を担わなければならなかった「自慢の娘」の苦しさ、そして同時に努力によってやすやすと父を超えてしまった才能ある女の子の恍惚と孤独がそこにはあるのだ。

ゆるやかに花開く少女のきらきらした毎日

『この楽しき日々　ローラ物語3』

L・I・ワイルダー
【1867−1957】
岩波少年文庫

このお仕事をいただいてから、何度目かのお正月である。私はまったく学ばないタイプで、今年も毎度のごとく「中庸をよしとする、そよ風のような」人になろうと、またもや誓った。すでに挫折の予感がする。私の業は深い……。

開拓民の一家を描く「小さな家」シリーズは少女時代の愛読書だ。メイプルシロップや豚の尻尾などの食描写にお腹を空かせ、家具からおもちゃまでなんでも手作りしてしまうインガルス家の知恵に魅せられたものだが、青春編の「長い冬」を境に遠ざかっていた。つまらなく感じたのではなく、ローラ達が直面する数カ月にわたって続く猛吹雪の描写がもやしっ子には恐ろしすぎた。閉じ込められたまま、食料は尽き始め、もちろん娯楽もない。黒パンと紅茶だけで辛抱強くやり過ごす一家の超人ぶりに圧倒されたのである。

『この楽しき日々』はそれから大分時が流れている。十五歳になったローラは失明した姉メアリを大学に通わせるために、我が家を離れ教員となるが、下宿先のブルースター夫妻は壮絶な不仲、生徒は言うことを聞かない、おまけに淡い好意を抱き始めている青年のアルマンゾとの間に宿敵ネリーがしゃしゃり出て……。

　名作少女小説では定番の展開として、私はてっきり、ローラがブルースター夫妻に笑顔を取り戻したり、生徒を型破りなやり方で手なずけたり、ネリーの意地悪をポジティブシンキングで溶かすものと期待したが、彼女は彼らを「どうにもならないもの」として適度な距離を置き、ひたすらにやり過ごす。彼らが自分を困らせなくなるまで、無傷のままじっと待ち、粘り勝ちに持ち込むのだ。手持ちカードを極力使わず、自分の領分を確実に守り切るやり方は、おそらく自然の猛威と戦う父親の背中から学んだものだろう。余計なことは言わない、無駄なエネルギーは使わない。しかし、プライドも失わない。そんなローラを「食えないやつ」で片付けるには、あまりにも地に足がつきすぎている。こんな女の子が人生のパートナーになったら、さぞ心強いだろうとさえ思う。アルマンゾがネリーと急接近しても、とりみださず、下手(したて)にも出ず、毅然(きぜん)と要求する様は凄(すご)みさえ漂う。ローラの魅力は、「愛され」というより、荒馬にもびくともしない土の香りがする人間力だ。

にぎやかにしゃべるネリーと比べたら、自分はさぞつまらない相手だろうと、ローラは思っていた。けれど、どっちがいいかは、アルマンゾが決めることだ。ローラは、自分からアルマンゾをつかまえようとするつもりなどない。でも、ほかの女の子が、アルマンゾが気づかないうちに、じわじわとローラをのけ者にしようとするのはぜったいに許せない。

家に着いて、アルマンゾとローラが馬車の脇（わき）におりたつと、アルマンゾがいった。

「次の日曜にまた行こうね？」

「みんなで行くのはやめましょう」と、ローラは答えた。「もし、ネリーを連れていきたいなら、そうしてちょうだい。でも、あたしを迎（むか）えにはこないで。じゃ、おやすみなさい」

（『この楽しき日々　ローラ物語3』谷口由美子訳、岩波少年文庫より）

プロポーズされた時の、肝（きも）の据わった返答にもかなり驚かされる。でも、タイトルでもわかるように、今作はサバイバルを描いているのではなく、ゆるやかに花開こうとする少女のきらきらした毎日の物語だ。忍耐の先には、必ず晴れ間が用意されている。当たり前なのだが、どんな天気だって、待てば必ず太陽は覗くのである。だからローラは、晴れている日は子供に戻って楽しむし、幸せな時はなんの照れもなくどっぷり浸る。見とれるくらいのリア充っぷりだ。仲間とそり遊びをし、行事ではごちそうを食べ、家族と歌う。見とれるくらいのリア充っぷりだ。盲学校から一時帰宅したメアリが教育の力で自信を身につけて輝いている様に、家族が深く満足する描写など、涙がこぼれそうになった。メアリが負担をかけている家族に対して引け目を持たず、授かったものを存分に吸収し、ぐんぐん成長する様もいい。姉が出席できる時期ではないにもかかわらず、諸事情を優先してさっさと結婚式の段取りをするローラとの間にわだかまりが一切ないのも、長年培われた姉妹の信頼関係のなせる業だろう。

大自然の脅威を目の当たりにしてきたローラのような賢さは私にはとてもないが、どんなトラブルもいわば大草原の天気のようにとらえ「いつかは終わるもの、変わるもの」と思ってどっかり構える癖をつければ、いろいろなことに対して寛容になれる気がするのだ。

『白鯨』

ひたむきな狂気に恋するように引き込まれる

ハーマン・メルヴィル
【1819－91】
新潮文庫

私が欧米の古典小説が好きな理由の一つは、登場人物が明らかに「やりすぎる」ところだ。怒ったら相手に向かって一ページくらいかけてまくし立て、ショックを受けたら即気絶、失恋のあまり病（やまい）に倒れたり、召使いにあたり散らしたり、欲やら恨みやらを何年も何年もしつこく引きずっている。考えてみれば今よりはるかに寿命も短く、娯楽や選択肢の少ない時代、感情だけが唯一の道標（みちしるべ）、たとえ迷惑をかけようと、彼らは彼らでおのれの心に従うしかなかったのだろう。完全に思うがままに振舞えない我々にしてみれば、ちょっと羨（うらや）ましい。現代の感覚でいれば相当イタいその言動を読んでいると、共感とか「励まされる」とは全然違う、無感覚になっていた身体（からだ）にじわじわ血が回り出すような、ほのかな温かさが湧（わ）いてくるのだ。

やりすぎ型の主人公はえてして他人に迷惑をかけるものだが、最終的な犠牲者の数がトップクラスなのが、『白鯨』のエイハブ船長だろう。絶対に上司にしたくないタイプである。

時は十九世紀半ば、海に憧れる風来坊のイシュメールがアメリカ東部のナンタケット港から、偶然知り合ったクィークェグをともなって捕鯨船ピークォドに乗り込む。しかし、一見カリスマ性のある船長のエイハブは、かつて自分の片足をもぎとった巨大な白鯨に復讐を誓い、なにがなんでも射止めようと、超個人的なチャレンジに乗組員全員を巻き込もうとするモンスターだった‼

極端すぎる物語だけれど、アメリカの映画やドラマを観ていると、登場人物がごく当たり前のように「白鯨」ネタを口にしたり、愛読書として挙げることが多い。

ちなみに、一等航海士の冷静沈着なスターバックは、エイハブに唯一突っ込みのできる常識人だが、あのコーヒーの「スターバックス」は彼の名からとったらしいと、これを読む前に初めて知った。

勢いのある骨太なエンターテインメントなのに、何故か話の進みはゆっくりだ。というのも、実際に捕鯨船に乗ったことのある作者メルヴィルが、なにか一つ新しいアイテムなり用語が登場するたびに、「説明しよう!」といわんばかりに鯨の豆知識をガンガン挟んでくるためだ。その勢いと知識量たるや、さかなクンばりである。ストーリーはおまけのようなもので七割は雑学なので、読み終わる頃には、読者はおのずとにわか鯨博士になってしまう。当時の鯨とは燃料であり、食料であり、建材であり、いわばのろのろ進む資源のデパートなのである。『白鯨』がこうも読み継がれるのは、歴史書としても優れているからだ。

　この作品で私がつけた鯨豆知識といえば、鯨の消化機能はかなり複雑らしいということ。なにか呑み込んでも完全に消えずに身体にとどまることがあるようだ。『ピノキオ』のゼペットじいさんが鯨のお腹で生きていたのもあながちファンタジーではないのかも……。エイハブ船長の憎しみがあまりにも凄まじいのは、おそらく喰いちぎられた彼の片足が、今なお白鯨のお腹の中に存在していることと関係があるように思える。

　数々の鯨を射止めては船で解体し、油にし、食料や燃料にしながら進むピークォド号。すれ違う船の乗組員とコミットしては、白鯨に関する情報を集める。白鯨との距離が縮まるにつれ、徐々にスターバックの不安は大きくなり、ふとエイハブさえいなければ……とまで考えるように……。

年がら年中、船上の鍛冶炉の前につきっきり、火傷だらけの鍛冶屋のパースのどこか超然とした様を見て、エイハブはふいに、こう問いかける。

「よし、よし、もういい。おぬしの縮(かじ)かんだ声は穏やかすぎて、正気すぎる悩ましさをおれに覚えさせる。おれも天国にいるわけではない、ほかの人間が気も狂わず惨苦(みじめ)に陥(お)ちた様を見るといらいらする。これ鍛冶屋、おぬしは気が狂うが当然じゃ、何でまた狂わぬ？　どうして狂わずに堪えてゆける？　おぬしが狂えぬのは、天がまだおぬしを憎んどるからか？——おぬし、そこで何を造っている？」

（『白鯨』田中西二郎訳、新潮文庫より）

読者としては乗組員のために必死でエイハブを止めようとするスターバックに感情移入してしまうが、エイハブはエイハブで「普通」がわからないのだ。結局、エイハブのひたむきな狂気にみんなは恋するように引き込まれ、運命をともにするハメになる。

白鯨が登場するのは長い物語の最後の最後。まさに「ラスボス」として姿を現す。その圧倒されるほどの大きさ、一瞬で物語を終わらせてしまう獰猛(どうもう)さは、我々が日々直面する、どうにもならないことの象徴かもしれない。誰にも迷惑をかけない節度ある振舞いが求められるけれど、やっぱり人間はいつの時代も心がおもむく方向にしか、進めないのだ。

変化や成長を受け入れる柔軟性

『キャロル』

パトリシア・ハイスミス
【1921−95】
河出文庫

私含め、周囲のアラサー、アラフォーの女性たちがこぞって今、ある女優に夢中である。そう、二〇一五年度の映画を対象にした第八十八回アカデミー賞で「キャロル」主演女優賞ノミネートが話題になったケイト・ブランシェット様だ‼　ファッション好きも映画好きも、口を開けば「ケイト様、ケイト様」。真っ白な肌、面長で聡明そうな顔立ち、いたずらっぽくも誠実そうなあの青い目。セクシーなのにたくましくて頼れる佇まい。おまけにインタビューなどでうかがい知れるその内面は誰よりも成熟していて、優しさと知性に溢れている。そういう私も、映画でのケイト様のマニキュアの色（さんご色）を真似したりしている。そしてさっそく「キャロル」原作本をネットで注文したのだが……。ケイト様人気のせいか、在庫切れが相次ぎ、かつてないほど取り寄せに時間がかかってしまった。

ケイト様みたいに魅力的な女優がスポットライトの下で活躍する今、女が女に恋する気持ちに対する理解もだいぶ深まってきたような気がする。しかし、パトリシア・ハイスミスが『キャロル』を書いた一九五〇年代はまるで違ったのである。

クリスマス直前、デパートのおもちゃ売り場でうんざりしながら働くテレーズは舞台美術家を目指しているが、将来がまったく見えない。リチャードという恋人もいるにはいるのだが、どこに行っても何をしてもしっくりこない。しっかり者で物静かな女の子ではあるけれど、家族との繋(つな)がりが非常に希薄なせいもあり、わっと誰かにすがりつきたいような寂しさも抱(かか)えている。そんな彼女が毛皮のコートを着た美しい女性客キャロルと視線がぶつかり、すべてが一変する。

女性客へ視線を上げると、あの不思議な感覚が戻ってきた。まるで前にもどこかで会ったことがあるかのような、今にも自分が何者であるのかを明かしてくれるのではないかという予感。そしてふたりは、ああ、そうだったのねと笑い合うだろう。

（『キャロル』柿沼瑛子訳、河出文庫より、以下同）

テレーズとキャロルはたちまち親しくなり、お互いのテリトリーを行き来し合う。優雅なマダムに見えたキャロルだが、実は離婚調停中であり、娘を夫に奪われそうになっている。でも、二人の時間はいつだって豊か。キャロルのアドバイスやものの見方に触れるたびに、テレーズの世界は広がっていく。

人はどんどん変わるし、変わってもいい、とキャロルは態度や物腰でテレーズに教えてくれるのだ。関係性に安心しきって、相手の心の流れを受け入れず、頑なに変化を拒否したら、いつしか一方通行の要求しかできなくなるだろう。リチャードや男達がどんどん二人の後ろに遠のいていくのは、彼らの同性愛への偏見や女性蔑視的な姿勢のせいだけではない。変化や成長を決して受け入れることができない、社会に管理されきった頑なさゆえに、退けられるのだ。彼らとは逆に、女同士の友情から始まり恋愛関係を経て、今ではキャロルの誰よりの理解者となったアビーは柔軟性の象徴である。キャロルは手紙の中でこう綴る。

けれどもわたしが口にしなかった一番大事なこと、あの場の誰も考えていなかったことがあるわ——それは男同士、あるいは女同士のあいだには絶対的な共感が、男女のあいだでは決して起こり得ない感情が持てるのではないかということ。そして世の中にはその共感だけを求める人たちもいれば、男女間のもっと不確実で曖昧なものを望んでいる人たちもいる。

何故、完璧な大人の女性キャロルは、何者でもないただの女の子テレーズにこうも惹かれ、多大な犠牲を払ったのか。数々のヒントがちりばめられているが、最後のページで、我々読者はキャロルの目に映るテレーズをとうとう、はっきり見るのである。テレーズの正体とは果たしてなんだったのか。

そして我々読者もまた、目の前に鏡を突きつけられたような気分になる。そこに映る、思いがけないほどの可能性に満ちた自分の姿にはっと息を呑み、指先からじわじわと、生きる活力が湧いてくるはずだ。たとえ運命の恋に出会えなかったとしても、女の子はいつだって何度だって、生まれ変わることができるのだ。

キレキレにして真摯なスペクタクル小説

『怒りの葡萄』

ジョン・
スタインベック
【1902−68】
新潮文庫

私は先のことをあれこれ思い悩むタイプである。この間も二十年来の親友とカフェで、またも将来を不安がっていた。今年で三十五歳である。うっすらと自分の力量の限界も見えてきて、相変わらずの社会の閉塞感（へいそくかん）、なによりも気合いではどうにもならない体力の衰えも痛感している。十年後はどうなんだろう、とお互いクヨクヨした後で、はたと気付く。「あれ、私たち、二十五歳の時も同じように焦（あせ）っていたような⁉」。そうそう、二十五歳なんて、まだ子供のようなキラキラした可能性のかたまりではないか。あの時の焦りなんて、今考えればマジで取るに足らない。むしろ焦らないで、その若さときらめきをのんびり味わえばよかった‼　おそらく、三十五歳の悩みも四十五歳の時にはどうでもいいようなもの。まだ起きてさえ

いないことばかり思い煩うより、この瞬間に集中し、知恵を尽くして今日をつつがなくやり終えたら、ひとまず、よしとしなくちゃ。情報や雑音に振り回されてばかりいるといつの間にか独りよがりになって、そんな当たり前のことさえ、すぐに忘れてしまうのである。

スタインベック『怒りの葡萄』は一九三〇年代、機械化と砂嵐によってオクラホマの農地を手放した大家族が、全財産を載せたおんぼろトラックに揺られ、仕事を求めてカリフォルニアを目指し、ルート66を西へ西へと進む物語だ。そんな彼らを待ち受けているのは、緊張感に満ちたキャンプ生活と、元農民がより安い賃金を自ら提示し合って、日雇い仕事を奪い合い争い合うようしむけられた、他人事ではない格差社会だ。終わりのない旅、食事やベッドもままならない過酷な環境に、一人、また一人と家族は減っていくが、悲しんでいる描写はほとんどない。彼らは後ろは一切振り返らない。というか、振り返ったら本当に全部ストップして下手したら死人が出る、ギリギリの状態を生きている。そんな家族の精神的支柱となるのが、仮釈放中で喧嘩っぱやいのに不思議なカリスマ性のある長男トムと、心優しきケア担当でありながら、時に鉄の司令塔にもなる「お母」だ。

もしかしたら、誰かがもう言及しているのかもしれないが、二〇一六年に発表された第八十八回アカデミー賞で六部門を受賞した、近未来の砂漠化した世界で、巨悪とカーチェイスを繰り広げる女子チームと元警官の活躍を描いた「マッドマックス　怒りのデス・ロード」と共通する部分の多さにビックリした。環境破壊、富裕層による資本の独占、搾取(さくしゅ)される民、飢えと砂塵(さじん)、女性賛歌、妊婦や老人を乗せた死のドライブ、すべてと引き換えに目指した楽園は幻であること、そこからすぐに切り替えての再出発、そして「母乳」が大きな働きをする。つまり、今読んでもなんの古さも感じずに引き込まれるどころか、ほんの少し先のことをピタリと言い当てられているように感じる、キレキレにして真摯(しんし)なスペクタクル小説である。

「どうしてそういえるんだ？」ジョンおじがつっかかった。「なにもかもがとまるのを、なにが防いでくれるっていうんだ？　民がひとり残らず疲れ果てて倒れるのを、なにが防いでくれるっていうんだ？」

お母はしばし考えた。片手の黒光りする甲を、反対の手でなで、右手の指と左手の指を組み合わせた。「うまくいえないね」お母はいった。「あたしたちのやることは、なんでも――生きつづけることに向けられているような気がする。そういう途(みち)なんだって思える。飢えることですら――病気になったり、死んだりすることですら、まわりのものをしぶとくし、強くする。その日、一日を、なんとか生きようとする」

ジョンおじがいった。「あのとき、あいつが死ななかったら――」

「その日だけを生きるんだよ」お母はいった。「気に病まないで」

（『怒りの葡萄』伏見威蕃訳、新潮文庫より）

過酷な物語なのに、不思議と風通しがよく、パワーをもらいながらぐんぐん読み進められるのは、ユーモアに満ちた会話の応酬、乏しい食材でも工夫して作られる＊ソウルフードの描写、さらにどんな逆境であれ困っている他者に必ず手を差し伸べる一貫した家族の姿勢のおかげだ。明日さえままならない環境でも、トムの弟のアルは肉食ぶりでモテモテ。お祝い事ではみんなで食材をかき集めて、先のことは考えずばっちり盛り上がる。物語の最後、助け合うということ、分け与えるということが、世界だけではなく自分をも救うことを、どん底に置かれたかに見える家族は教えてくれる。前だけ見つめて進むには、ひょっとすると、強さだけではなく、優しさと慈愛こそがなによりも必要なのかもしれない。

＊アメリカ南部の伝統的な黒人料理

上流社会のルールが醸し出す甘く切ない香り

『エイジ・オブ・イノセンス 汚れなき情事』

イーディス・ウォートン
【1862−1937】
新潮文庫

三十代半ばを迎え、「結婚に至るような異性を紹介して」と頼まれることが一気に増えた。役に立ちたいのはやまやまだが、もともと異性の友人も少ない上、私には仲人(なこうど)としてのセンスが欠落しているようなのだ。この人とこの人は相思相愛になるぞ！　とピンとくる能力というのは、かなりの人生経験がないと得られないものかもしれない。友人たちはこぞって「好きになれる人が現れない」と悩んでいる。わかる。「ついウッカリ」が許されない時代の閉塞感(へいそくかん)が、甘い曖昧(あいまい)なムードを生みにくくしているのかな？　とも思うし、参加者達にそのつもりがなくても出会いとなる場が厳しい減点法に支配されているせいなんじゃないかな、とも考えてしまう。

むろん、時代のせいばかりとは限らない。『エイジ・オブ・イノセンス』の舞台となる、一八七〇年代のニューヨーク社交界だって、十分に愛を見つけにくい環境なのである。名門一族の問題児エレン・オレンスカ伯爵夫人が夫のもとを逃れ、ヨーロッパから戻ってくるところから、物語は始まる。弁護士アーチャーは、エレンが婚約者メイのいとこなので、彼女のいざこざを丸くおさめようと乗り出すが、当時の社交界では離婚はご法度（はっと）スキャンダル（『緋文字（ひもんじ）』の時も思ったけど、アメリカ文学を読んでいると、十年単位の時間差や場所の違いでコロコロ正義が変わるので、ほんと、人のゴシップを責めたてることの無意味さを痛感する）。彼女を世間の目から守ろうとするうちに、アーチャーはエレンの魅力に惹（ひ）かれ始めるが、彼の住む狭い世界はむろんそれを許さず……。

この上流階級のルールがめっちゃめちゃ細かい‼　ファッションからおつきあいに至るまで正解は一つ。そこから一ミリでも外（はず）れたら即アウト。なにをするにも、最高権力者である寝たきりのおばあさまに、まずはおうかがい。デザートには温かいものと冷たいものを、パリで買った流行のお洋服は一シーズンは寝かせないと下品よ！　みたいな法則にのっとって生きるスノッブなライフスタイルは、関係ない身からするとときめくのだけど。

だからこそ、文学クラブや異国的なレストランのあるニューヨークは、最初の一振りでは万華鏡のように華やかに見えるが、最後には、五番街に集まった原子より小さな、ずっと単調な図柄の箱にすぎないことがわかってくる。

（『エイジ・オブ・イノセンス』大社淑子訳、新潮文庫より）

エレンとは正反対の人気者メイを獲得しているアーチャーは、死ぬまで安泰が約束されている。現代日本に置き換えてみても、若くて可愛くて賢くて自己主張しないメイは誰からも愛されて、学校でも会社でも上手くやれて、なんなら梨園の妻にもなれるタイプ。社会が「こうあれ」と打ち出す女子のお手本はいつの時代も変わらないんだなー、と思う。

でも、いけすかない優等生女なだけというわけでもないのが、この作品の面白いところなのだ。私はイノセンスを偽装するメイの傲岸さが大好きだ。アーチャーだって、上流社会の単調なしきたりに反発しつつも、そのヒンヤリした不透明な魅力には抗いきれず、むしろ進んでのっかろうともしているし、メイの美点をリスペクトしてもいる。エレンにしても、自由で豊かな精神性を持っていても、なにものにもとらわれない強い女性というわけではない。自分を突き放した世界への愛着や未練もあるし、どこにも居場所がない寂しさにさいなまれ、つい男にフラッと頼ったりもする。だから、彼らの置かれた世界の明確なルールとは反対に、この三角関係に正義は存在しないし、全員がまさに万華鏡のように多面体なのだ。

アーチャーとエレンは、ほぼプラトニックに愛を育む。人目を避けた、メトロポリタン美術館の「セスノーラ古代遺物」室でのデートはとりわけロマンチックだ。二人を引き裂く上流社会、それを象徴するメイが、完全な悪として描かれないのが、この作品の素敵なところ。古臭く、人間性を無視した、無意味なルールではあるけれど、いずれ時代に取り残され消えてしまうことが決定しているそれらは、どこか甘くて切ない香りをまとっている。

どうやったら、相思相愛になれる人に出会えるのか。それは私なんかにはよくわからないけれど、この物語の結末を読むと、それは効率とかルールから、一番離れた場所で起きるんじゃないのか、と思ってしまうのだ。

憎めない男のピュアで不器用な片想い

『グレート・ギャッツビー』

F・スコット・フィッツジェラルド
【1896－1940】
新潮文庫

のっけから芸能人の話で、テレビをあまり観ない方は面食らうかもしれないが、お笑いコンビ・オリエンタルラジオ（中田敦彦・藤森慎吾）を中心に結成されたユニット「RADIO FISH」の「PERFECT HUMAN」という曲が人気である。簡単に言えば、オリエンタルラジオの一世を風靡したネタ「武勇伝」の延長線上のような、藤森さんが中田さんをひたすらオーバーに褒め称える歌詞を、一切照れのないダンスとリズムに乗せた楽曲。

振り切れたかっこよさが逆に笑いに繋がっているのは、オリエンタルラジオがこれまで何度も浮き沈みを経験してきたコンビであることが周知の事実であり、中田さんは内向的、藤森さんは社交的、という違いはあれど、二人の雰囲気がどこか苦労知らずのおぼっちゃん風で、どんなに不遜に振舞ってみても、決してクレイジーにはなれない常識人の哀しさのようなものが漂うからだ。その「PERFECT HUMAN」のMVを見て、私は大喜びしてしまった。というのも、バズ・ラーマン監督、レオナルド・ディカプリオ主演「華麗なるギャツビー」のパーティーシーンにそっくりな構成だったのである。打ち上げ花火を背景にゆっくり振り返る中田さん、そんな彼にぐんぐん魅入られていく藤森さん。美女とプールときらめきに彩られ、一晩中お城のような邸宅で、踊り明かす二人。

ひとしきり笑った後で、私はそのMVの出来の良さに、感心したのである。オリエンタルラジオの鉄板ネタである、他人には理解できないであろう男の美点をたった一人の親友が褒め称える構図とは、原作のフィッツジェラルド『グレート・ギャツビー』そのものではないだろうか。

一九二〇年代の好景気に沸くニューヨーク。証券会社に勤めるニックは、いとこの人妻デイズィに横恋慕する大富豪ギャツビーの豪華絢爛なパーティーに招待され、ミステリアスなのに憎めない人の良さを持つ彼に好意を持ち、親友となる。デイズィを振り向かせるためだけに、経歴を嘘で塗り固め、夜な夜なパーティーを開くギャツビーは、悲劇に向かって突っ走っていくのだが……。

ギャツビーは少しも華麗なんかではない。もうとっくに関係の終わったデイズィを美化し、執着し、追い回す彼は、イタいなんて表現ではすまないほどみっともないし、ストーカーそのものだ。どんなに贅沢を尽くし、優雅に振舞っても、その出自を決して隠せないところなど、つい目を逸らしたくなる。だから、さんざん彼を振り回しておいて、最終的には手を取ろうとしないデイズィの態度も、しごくまっとうと言える。表も裏も知った上で、ギャツビーを支持しているのは結局のところ、ニックただ一人なのだ。彼の愛のある視線を通しているから、この一方的な片想いも、かろうじて見届けることが出来るのかもしれない。

ただひとり、ギャツビー、この本にその名を冠したこの男だけは例外で、彼にはぼくもこうした反撥を感じなかった——ギャツビー、ぼくが心からの軽蔑を抱いているすべてのものを一身に体現しているような男。もしも間断なく演じ続けられた一連の演技の総体を個性といってよいならば、ギャツビーという人間には、何か絢爛とした個性があった。人生の希望に対する高感度の感受性というか、まるで、一万マイルも離れた所の地震さえ記録する複雑な機械と関連でもありそうな感じである。しかし、この敏感性は、「創造的気質」とえらそうな名称で呼ばれるあのよわよわしい感じやすさとは無縁のものだった――それは希望を見いだす非凡な才能であり、ぼくが他の人の中にはこれまで見たことがなく、これからも二度と見いだせそうにないような浪漫(ロマン)的心情だった。そうだ――最後になってみれば、ギャツビーにはなんの問題もなかったのだ。

（『グレート・ギャツビー』野崎孝訳、新潮文庫より）

「PERFECT HUMAN」で称えられるnakataは、まさに神様のような存在だ。現実の中田さんは、ごくごく保守的な価値観の持ち主で、成功しているのにルサンチマン＊が強い男性である。でも、ひとたび藤森さんを相手にすると、彼はどこまでも自信に満ち溢(あふ)れていて、怖いもの知らずで破天荒(はてんこう)。実際、不屈の精神で何度もブレイクしている（現在はYouTubeで活躍中）。ニックの前で過去を取り戻すと宣言し、緑色の光を見つめていたギャツビーそのものではないか。我々を輝かせるのは実のところ、財産でもカリスマ性でもなく、いつも隣で見守ってくれる、たった一人の相方なのかもしれない。

＊恨み、嫉妬心などの感情。

寂しいのにどこか明るいダイナーの輝き

『郵便配達は二度ベルを鳴らす』

ジェームス・ケイン
【1892－1977】
新潮文庫

家族とアメリカを旅行中、長年の憧れであるちょっとだけさびれたダイナーで食事をした。頼んだのはハリウッド映画でおなじみの、ミートボールスパゲティとチキンスープとニューヨークチーズケーキのストロベリーソース添え。紅茶を頼んだら、これまた映画で出てくる通り、無愛想な五十代くらいのウエイトレスさんに、マグカップのお湯とティーバッグをテーブルに叩きつけられた。パスタは茹ですぎて魂が抜けている。トマトソースは缶詰のトマト水煮そのものの味で、ミートボールは合挽き肉の気配がまるでないフワフワと均一な食感の香りのないお団子だった。チキンスープのマカロニは倍にふくれ上がっていてぶよぶよと浅いスープを漂い、チーズケーキは洗面器くらい大きくて、三人でも食べきることができなかっ

た。家族は不満を漏らしていたが、私は大満足だった。このまともに取り合ってもらえない感じやくったりと気の抜けた味わいが、私の愛するアメリカのフィクションの一部、そのものなのだ。

『郵便配達は二度ベルを鳴らす』は舞台からして（サンドウィッチ食堂とあるが）、こんな感じのダイナーだ。全編にわたって登場人物全員が上の空で、読者まで突き放されるようなけだるい雰囲気が漂う、ダイナー小説の古典だと思う。

流れものの若者フランクがお金も持たずにふらりと店に飛び込んできて、ギリシャ人の店主のニックに注文するのが「オレンジ・ジュースに、コーン・フレークス、フライド・エグズにベーコン、それからエンチラーダ、フラップジャックとコーヒー」だ。ニックの妻コーラに惹かれたフランクは、店で雇われることをすぐに了承する。コーラとフランクはあっという間に不倫関係に陥り、ニックを殺すことを計画する。この作品が出版されたのは世界恐慌時代の一九三四年、カリフォルニアが舞台とあるから、この連載で紹介した『怒りの葡萄』とほぼ時代設定も場所も同じなのだが、あちらのたぎる情熱や憤怒はどこにもなく、とにかくフランクにしてもコーラにしても、「投げやり」で「テキトー」で「雑」だ。二人のたくらむ殺人にしてもいろいろとマヌケすぎて、これを完全犯罪といっては完全犯罪に失礼である。そんなわけで、二人はしょっちゅうモメるのだが、どこか他人事で、危機感がなく、目先のことが楽しければすぐに仲直りする。努力すれば夢は叶うというアメリカ的ポジティブシンキングの真逆をいくカップルだ。フランクはなにも決定せず、最後までフラフラと落ち着かない。あらゆることを受け流し続けた結果、彼は大変な運命をしょいこむことになる。彼がコーラの真価に気付くのは物語の終わりだ。

> マッコネル神父は、おれには新生があると言ってくれる、おれはコーラに会いたい。コーラに、おれたちが話しあったことはみんなほんとだった、おれはやりゃしなかった、ということを知ってもらいたい。あの女について、そんな気持にさせるのは、どういうところがあの女にあるんだろう？　おれにはわからない。あの女は何かをほしがっていた、それを得ようとしていた。いつもヘマなやりかただったが、得ようとしていた。おれという男を知っていたんだから、おれについてあんな気持をもったのがおれにはわからない。幾度となく、あんたはだめな男だと言っていたのに。おれは本気で何かをほしがったことは一度もないが、あの女だけは別だ。だがそれは小さいものじゃない。ひとりの女が、ああいうものを

持ってるだけでも、そうよくあることじゃないと思う。

（『郵便配達は二度ベルを鳴らす』田中西二郎訳、新潮文庫より）

投げやりなコーラの中に見出されたかすかな炎。彼女は高校の美人コンテストで優勝して、女優を目指したこともあるらしい。その美貌でたくさんの異性を惹きつけもしたようだ。でも、「二週間たったら、あたしは安料理屋ではたらいてたわ」と彼女は言う。「世間は広えや。どこでも、行きたいとこへ行きゃいいんだ」と駆け落ちに誘うフランクに対して、きっぱりと「そうはいかないわよ。行く先は、安料理屋よ」と返事する。ここでいう安料理屋とはああいうダイナーなのだろうと思う。コーラにとってダイナーとは逃れられない日常の象徴なのだ。

コーラの見た風景は夢の果ての色に満ちている。すべてにおいてテキトーなのは、もう最初からすでに自分たちの望みが叶わないことを、二人が実はよく知っているためだろう。その力の抜けただるくてだらしないゆえの強い魅力は、夢見ることはいいことで叶わないのは悲しいこと、美味しいは善でまずいは悪、そんな単純な二元論をうちくだく、寂しいのにどこか明るいダイナーならではの深い輝きなのだ。

最後の一行まで息をつかせぬ凄み

『遠い声 遠い部屋』

トルーマン・カポーティ
【1924−84】
新潮文庫

この原稿を書いている今、四十度近い猛暑だ。日中は出歩かない方がいいとわかっていても、なにかと用事を見つけては外に出る。夏に生まれたせいか、この季節になると花火もアイスキャンディーもプールも、すべてを味わい尽くしたいあまり、いつも落ち着かず、じりじりと焦ってしまう。子供の頃からずっとそう。でも、三十代の半ばにもなって初めて、終わりの寂しさもまたいいものだと思うようになった。アスファルトにぽろりと落ちたひまわりや、誰もいない小学校、花火のあとの焔硝のにおいがたなびく闇。昔は悲しくて仕方がなくなるから、つい目を逸らしていた断片さえも、手にとって眺めて口にふくんでみたいような気持ちになる。例えば廃墟にグッとくる人達も、同じような嗜好を持つのかも。華やかなりし

頃に思いを馳せたり、褪せた色合いに重ねた年月を想像し、物語を紡いだり。

カポーティの処女作『遠い声 遠い部屋』はそんな夏の終わりに、ちびちびと少しずつ読みすすめるのがふさわしいかもしれない。鈍い色で輝く重層的な表現が多いので、ゆっくりスルメを噛むように味わうのをおすすめする。舞台はアメリカ南部。思春期の入り口に立った少年ジョエルがまだ見ぬ父親を探してランディングと呼ばれる屋敷にやってくる。不気味な物音に満ちたその場所は文字通り、毎日少しずつ地に沈んでいる。彼を待ち受けるのは、父の再婚相手らしい未だセレブ気取りのヒステリックなエイミイ、だらりとしたキモノ姿で毎日酒を飲んでブラブラしているぽっちゃり男のランドルフ（晩年のカポーティを彷彿させる）、雪に憧れる黒人メイドのズーとその高齢の父、廃墟になったホテルを守る隠者のリトル・サンシャイン。物語の中盤まで、読者はジョエルと同じ視線で、なんだか落ち着かない、不安な思いに浸されるはずだ。屋敷のどこかに父親はいるはずなのに、誰もジョエルに会わせようとしないのだ。それどころか、誰に話しかけても言葉が通じないというか、会話が噛み合わない。悪い夢の中に似た感覚は『不思議の国のアリス』を思わせる。一体なんのために呼ばれたのか、自分はどう思われているのか。心許ない日々を送るジョエルに謎の女の姿が見えたり、ふと気付くところころと赤いボ

ールが転がってきたり……。え、もしかして、ここの住人、みんな幽霊なんじゃないの⁉

物語全体のネタバレではないと思うので、言ってしまうと、ジョエルの目を通した大人達が異様に見えたのには、ちゃんとわけがある。彼らはみんな、叶わなかった夢を手放せず、止まった時間の中を生きているのだ。それがはっきりと判明する衝撃的な出会いと告白がジョエルを待ち受ける。彼はこの止まった時間から抜け出そうと、高慢ちきな双子の姉を持つボーイッシュな女の子アイダベルとともに家出を試みるのだが……。

ジョエルの成長につれ、ランディングの住人や街の景色が、何度もがらりと姿を変えたり反転するのが、この小説の最大の凄みだ。最後の一行までまったく飽きることがない。靄がかかったような幻想的な世界から一転、大人の世界に足を踏み入れたジョエルにとって、幽霊達は痛みや願いを抱いた自分と対等な人間となる。

「ランドルフさん」と彼は言った、「ぼくみたいに若かったときもあるの？」するとランドルフは答えた――「ぼくはね、きみのように年とったことはないよ」

「ねえ、ランドルフさん、ぼくとってもしあわせ」これに対して、彼の友人は答えなかった。この幸福感も元をただせば、ふしあわせでないというだけにすぎないようだった。それよりもむしろ、彼は全身で一種の均衡を感じていたのだ。もはや、争い対抗すべきものもほとんどなかった。ランドルフの会話の大部分におおいかぶさっていた霧までがすでにからりと晴れ上がり、少なくとももう邪魔にはならなかった、ランドルフをすっかり理解できるような気がしたのだ。他人をいわば発見するという過程で、多くの人間は同時に、自分自身を見出(みいだ)すような錯覚を経験するものである――他人の目が、自己の真の、そして光栄ある価値を反映するのだ。ジョエルは今このような感情に捕えられていた、計り知れぬほど深く捕えられていた、なぜなら、いつわりのものであれ真のものであれ、一人の友人をすっかり見ぬいたという勝利を味わうのは、彼にとってこれがはじめてだったからだ。

（『遠い声　遠い部屋』河野一郎訳、新潮文庫より）

昔は夢が叶わないなんて死んだ方がマシだ！　と息巻いていたけれど、最近は叶わなかった夢や潰(つい)えた野望も、夏の終わりのような、とぼけた色合いや味わい深さがあって、それはそれで悪くないんじゃないかと思ったりする。

『ガープの世界』

痛みと向き合うなかで見出す前向きな姿勢

ジョン・アーヴィング
【1942-】
新潮文庫

時間ができたので、身体（からだ）をあちこち調べようと思い立ち、病院を渡り歩いている。予約がきかないため数時間待たなくてはいけないところや、検査と検査の間がかなり空（あ）く場合など、ぽかんとできた時間を有効活用しようと、院内の喫茶店で本を読んだり、病院を抜け出してお墓参りや携帯電話のメンテナンスなどにも繰り出す。裸を投げ出して、血を抜いて、注射され、身体の内側がどうなっているかかなり深いところまで写真で見て、シビアな予想を告げられる日もある。その次の瞬間、コーヒーを飲んだり、買い物をしている。そんな自分がちぐはぐな気がして、我ながらちょっとおかしい。

診察の最中、台からタイミングを外して転がり落ちたり、先生の指示が聞き取れなくて大失敗をしたり、一人で笑ってしまいそうになることがあるが、病院のしんと静謐な空気や苦痛に顔をゆがめる患者さんを目の当たりにするたびに、慌てて唇を引き締める。でも、痛みと滑稽さは常に背中合わせだ。そういえば、私だけではなく周囲も、おのれや家族の体調の変化を実感していて、気付くとけっこう生臭くて痛い話をできるだけ明るく話し合うのが、このところ当たり前になっている。

十代の頃、読んだ時はとても面白いけれど、なんて痛みと体液のにおいに満ちた話なんだろうとのけぞった『ガープの世界』。今読むと、その生きる力とユーモア、真摯な熱にぼうっと放心するほどだ。たぶん、私があの頃よりも、血だの粘膜だのにすっかり慣れたせいだけではないと思う。悲劇的な死を遂げるガープが私より年下なことにも、びっくりした。

名家の生まれの看護師ジェニー・フィールズ（フェアで力強くて融通がきかない、大好きなキャラクターだ）は、男性優位社会に疑問を抱き続け、誰のものになることもなく、子供を持ちたいと願っているカッコいいフェミニスト。念願叶って、負傷して運ばれてきた瀕死のガープ軍曹との愛のないセックスによってガープを授かる。幼い頃から犬に耳を齧られ、なにかと「欠損」がつきものの青春を経て、ガープはなんと母ジェニーとともに作家として世に出ることに。自伝『性の容疑者』でいちやく女性のカリスマとなったジェニーと反対に、ガープは心のこもった短編を書き上げるも、あまり評価されない。ガープは幼なじみの才女ヘレンと結婚し、専業主夫となって、作品を書き続けるのだが……。耳を齧られたのは序の口で、性器が嚙み切られ、舌が抜かれ、目玉がえぐられる。あらゆる不幸と惨劇がガープ家族とその周辺を襲い、次から次へと滑稽な死に方が登場する、ここはイタタの見本市。誠実に生きたキャラクターがポカンとするような最期を迎えるのなんて、ガープの世界では当たり前だ。

だからといって、悲しみや喪失感が軽く扱われているわけではない。根底に流れるのは、ガープのこんな考え方である。

> どうして人は、「こっけい」であっても、同時に「真面目」であることができるのだということが理解できないのだろう? たいがいの人は深みがあるということと真面目であるということ、熱心であるということと深みがあるということを混同している。どうやら、真面目さを装えば、真面目ということになってしまうものらしい。人間以外の動物は自分を笑いの対象とすることができないし、そしてガープは、笑いとは同情に関係するものであり、人間にはますます必要なもの

であると信じていた。

（『ガープの世界』筒井正明訳、新潮文庫より）

傷ついた女性のためのコミュニティをつくったジェニーをはじめ、セクシーで知的でどこか律儀なヘレン、自信がなくて破滅型なのに憎めないラルフ夫人、出版社の年老いた清掃作業員にして実はヒット小説を見つける才能に恵まれたジルシー、レイプ被害者であり舌を失っているが溢れ出る言葉を溜め込んでいるエレン・ジェイムズ、ガープの良き友となる性転換手術を受けたロバータなど、脇を固める女性キャラクターの魅力がまぶしいほど。正直なところ、かなりたくさんページを割かれているガープの作品よりも、ジルシーじゃないけれど、ほんの少ししか抜粋されていない『性の容疑者』を読みたいな！　という気持ちにさせられもする。しかし、次第に引き込まれるのは、執筆によって傷を乗り越えていこうという姿勢、神経質で圧倒的にスルースキルがないながらもあらゆることに首をつっこみ、周囲に愛を惜しみなく与え続けるガープの生き方だ。

ガープの視点で世界を見つめると、どうせ痛みと向き合わざるを得ないのなら、ふっと面白くなるポイントを探ってみようと自然と思えてくるのが、不思議である。

あとがき

私の幼い頃は「世界名作劇場」という番組枠があり、まるでページをめくるような速度のゆったりとした展開で、古典児童文学を原作にしたアニメを長期間放送していました。おかげで、『小公女』も『若草物語』もだいたいどんな話なのか、子供たちはみんな知っていました。読むのが好きな子もそうでない子も、細かいディテールを当たり前の知識として持っていて、真夜中のパーティーやライムの話題で盛り上がることができたのです。

初めてＰＨＰさんからエッセイ連載のお話をいただいた時、まっさきに思いついたのが、「世界名作劇場」のようなことがやりたい、というものでした。いつから始まったのかよくわからないくらい長く続いていて、毎回同じ調子で、名前だけは誰でも知っている古典名作を紐解いていく……、そんな風にしてみたい。取り上げた作品の中には何回も読み返したものもあれば、初めて挑戦したものもあります。

『白鯨』『大いなる遺産』などは、いつか読みたいなあ、と思いながら、そのボリュームに腰が引け、ついつい先延ばしにしていた作品です。

でも、いざページをめくれば、そこに待ち受けるのは、今を生きる私たちとさして変わらない葛藤やコンプレックスを抱えた人々。そして、私たちよりずっとかっこ悪くて、同時にそのかっこ悪さをあまり気にしていない。昔からそうですが、客観性があまりない登場人物ほど、私をワクワクさせてくれます。だから、古典と呼ばれる作品に惹かれるのかもしれません。

こんな本読んだな、と思い出してもらえたり、知らないけど面白そうだな、と思ってもらえたら、とても嬉しいです。読む気はまだ起きないけど、この名作ってなんとなくこんな話なのか、と記憶してもらえたら、私なりの「世界名作劇場」になったのではないかと思います。

長くお付き合いいただけたこと、心から感謝申し上げます。担当編集者の後藤様、丹所様、山田様、このような機会を与えていただき、どうもありがとうございました。

柚木麻子

この作品は、二〇一七年十二月にＰＨＰ研究所から刊行された。

本書で引用した作品の内容に関しては、作品発表時の時代性・社会状況を鑑み、底本通りとしています。

引用部分のふりがなにつきまして、必要と思われる箇所には補足し、また、一部は割愛させていただきました。

著者紹介
柚木麻子（ゆずき　あさこ）
1981年、東京都生まれ。立教大学文学部フランス文学科卒業。2008年、「フォゲットミー、ノットブルー」で第88回オール讀物新人賞を受賞。受賞作を含む連作短編集『終点のあの子』でデビュー。15年、『ナイルパーチの女子会』で、第28回山本周五郎賞を受賞。主な著書に、ベストセラー『ランチのアッコちゃん』をはじめとする「アッコちゃん」シリーズのほか、『伊藤くんAtoE』『本屋さんのダイアナ』『ＢＵＴＴＥＲ』『さらさら流る』『マジカルグランマ』など。

ＰＨＰ文芸文庫　名作なんか、こわくない

2021年１月21日　第１版第１刷

著者　柚木麻子
発行者　後藤淳一
発行所　株式会社ＰＨＰ研究所
東京本部　〒135-8137 江東区豊洲5-6-52
第三制作部　☎03-3520-9620（編集）
普及部　☎03-3520-9630（販売）
京都本部　〒601-8411 京都市南区西九条北ノ内町11
PHP INTERFACE　https://www.php.co.jp/
組版　朝日メディアインターナショナル株式会社
印刷所　図書印刷株式会社
製本所　東京美術紙工協業組合

ISBN978-4-569-90098-8

PHP文芸文庫

第26回柴田錬三郎賞受賞作

夢幻花（むげんばな）

東野圭吾 著

殺された老人。手がかりは、黄色いアサガオだった。宿命を背負った者たちが織りなす人間ドラマ、深まる謎、衝撃の結末――。禁断の花をめぐるミステリ。